MW01038504

长长的回廊

かいろうていさつじんじけん

〔日〕**东野圭吾** 著

蓝佳 译

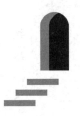

南海出版公司

新经典文化股份有限公司
www.readinglife.com
出　品

长长的回廊

一

我是个老太太，即将年满七十的老太太——

我出示车票走出检票口，紧绷的心才稍稍放松下来。即使坚信不会有问题，但在坐电车时，我还是全程低着头，担心会露馅。坐在对面、一副学生模样的年轻人对我这样的老太太根本不感兴趣，一直埋头看漫画杂志，但我还是紧张极了。

不能再这么紧张下去了，要有自信！只要坦然就可以了，不会有人起疑的。售票处旁有面镜子，我假装不经意地站过去看了看自己。瞧，怎么看都是个优雅的老太太呢。我不能失去自信。这是最重要的！

好了，我朝车站外望去。这个车站不大，站外虽有交通环岛，但连一趟定点巴士都没有。我和高显先生说过好几次，要是这里交通方便些，游客应该会多起来。可他总是笑答，这里的优点也就只剩下小众不俗了。

标有"出租车乘车处"的牌子锈迹斑斑，令我怀疑在这里是否真能等来出租车。大约十分钟后，一辆出租车开进了环岛。司机是个满头白发、面相温和的男人。

"麻烦去'一原亭'。"

"一原亭……啊，我知道了。"司机打开计价器，稍向我转过头，"那家旅馆应该已经歇业了，您知道吗？"

"我知道。出了事故，对吧？"

"是火灾，大概发生在半年前吧。虽然不知道具体原因，不过那家旅馆真是倒霉……"司机滔滔不绝，讲到这里时从后视镜里看了看我，察言观色似的问道，"您不会是那家旅馆的人吧？"

"我认识老板。"我说。

"这样啊，早知道我就不跟您解释了。"

"不过我倒是头一次去一原亭。"

"我就说嘛。老顾客一般不说一原亭，都说'回廊亭'。"

"回廊亭？"

"那家旅馆分成好几栋，由一条回廊连接起来，所以大家都这么叫。"

"原来是这样啊。"

"那家旅馆挺有名的。虽然接待不了太多客人，但有个很厉害的作家长期住在那儿。我也想过什么时候去住上一次，不过终归没那个福气。"说完，司机开朗地笑了。

"附近的人都对那场火灾议论纷纷吧？"

"那起事故确实有些不一般。"说到这儿，司机口风一转，"唉，其实我也不了解详细情况。既然现在已经修缮一新，也就用不着担心了。"他转折得如此突兀，一定是怕说漏了什么风言风语，要是传到回廊亭的人的耳朵里，肯定会招来白眼。

没过多久，车子驶入山路。这条路是土路，两边民居不多，树木丰茂。

车子继续向里开，前面出现了几条狭窄的岔路，每条岔路的入口处竖着各家旅馆的招牌。我们驶过这些招牌，在其中一条岔路的尽头停下，一块写着"回廊亭"的崭新招牌出现在眼前。招牌的一角有"一原亭"三个小字。

我在旅馆门前下了车，并没有人出来迎。我走进和式玄关，喊了两声。片刻，里面响起了脚步声，一个女人从右边的房间走了出来，她是这家旅馆的店长。

我感到自己的身体不由自主地变得僵硬。这只是第一关，如果这关都闯不过去，其他也就不用说了。

店长恭敬地双手伏地行礼。"您是本间夫人吧？"她应该年近五十了，化着浓妆，妩媚得仍如三十多岁的女子。我不禁心生忌妒。

"是的，我是本间菊代。"在保持坚定之态的同时，我还要流露出与年龄相符的衰朽之感。为了这一刻，我不知在镜子前苦练过多少次，但还是没能达到完美。

瞬间的静默之后,店长露出了笑容。"一直在恭候您的光临。远道而来,辛苦了。"

看到她的表情,我知道这一回合我赢了。她并未起疑心。我脱掉鞋,踏上地板。

店长笑着站起身。"现在就带您去房间。我得到嘱托,要给您留一个特别好的房间。"

"万分感谢。"我向她微微鞠躬,微笑道,"说到房间,我有个冒昧的请求。"

"啊?"店长稍显意外地看着我,"请问您有什么要求?"

"其实也没什么。"我含笑低下头,故意停顿了一下,随后仰起脸,"以前听我先生说,他曾在这里住过。他说从当时住的那个房间看窗外,景色美极了。所以,我希望这次能帮我安排住在同一个房间。"

"哦,原来是这样啊。我一定尽量满足您的要求。您想住在哪个房间呢?"店长的眼神中掠过一丝不安。

"听我先生说,是'伊之壹'。"

店长明显露出了尴尬的神色。"伊之壹吗?如果您有要求,我们是可以满足的,不过……"

此刻,店长的脑中一定在进行种种思想斗争:是什么都不提,按客人的要求安排,还是为避免以后的麻烦,提前把情况说清楚?

既然那个房间这么令她头疼,我索性帮她解围。"你是在顾虑先前那起事故吧？没关系，我了解这一情况，而且来的途中听出租车司机讲，那个房间现在好像修缮好了。"

看来我的帮助起了作用，只见店长松了口气。"原来您都知道啊。您真的不介意吗？重修后还没人住过。"

"我要是连这种事都介意，就白活这么大岁数了。请带我过去吧。"

店长终于点了点头。"好的，我这就带您去。其实房间里面倒是都准备好了，随时可以入住。"

"不好意思，让你为难了。"我微微躬身。

我跟着店长向客房走去。就算没人带路，我也十分熟悉这里。整块用地的中心是庭院，主馆和四栋别馆围着庭院呈拱形分布。别馆按照与主馆的距离，由远及近分别被命名为"伊""路""波""仁"。每栋别馆的不同客房则称"路之贰""波之叁"等。我请求入住的伊之壹，是位于最边上那栋别馆的房间。

从主馆去别馆，须通过一条长长的回廊。回廊两侧有几扇窗户，可以将周围的景致一览无余。因此，从主馆去最边上的伊之壹，需要沿逆时针方向走上一阵子，途中可以看到左手边的庭院。庭院里还有一方很大的池塘。这条回廊的一部分算是横跨这方池塘的桥梁。

走过几栋别馆后，我们终于来到了伊馆。这栋别馆有两个房间，朝向庭院的一间便是伊之壹。店长领我走进去，一股新榻榻米的味道扑面而来。

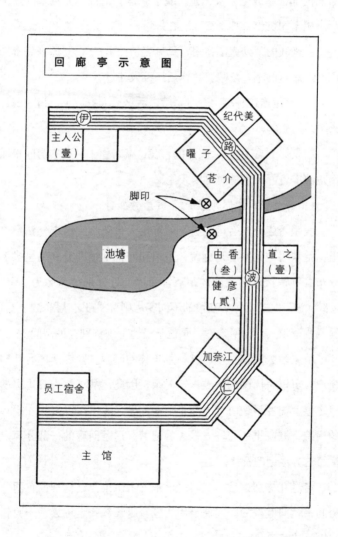

回 廊 亭 示 意 图

纪代美

主人公
（壹）

曜子

苍介

脚印

池塘

由香
（叁）

直之
（壹）

健彦
（贰）

加奈江

员工宿舍

主 馆

"我帮您开窗换换气吧？"店长似乎察觉到了这股味道。

我婉言谢绝了。现在是三月份，外面的空气还很凛冽，而且此刻我迫切希望能独自待在封闭的房间里。

店长向我介绍过客房里的设备、电话的使用方法以及随时可以使用浴室等事项之后，道了一声"请您好好休息"，便要告辞。我点点头，随即叫住了她："请问……一原家的各位还没有到吗？"

"还没到，应该快了，晚餐定在六点半。"

我看了一眼钟表，现在五点刚过。

"趁还有时间，您去泡泡温泉怎么样？现在去，可以独享浴池呢。"

"是嘛。好，我一定要去享受一下。"我嘴上这样说，但可惜这次我是不可能去浴池的。

店长再次说了一声"请您好好休息"，便离开了。

确认她的脚步声完全消失后，我锁上了房门。随后，我拉开面朝庭院的拉门，来到外廊上，透过玻璃拉门打量着周围的景色。除了从树林的颜色可以看出季节已经由秋走到了春，其他几乎都和那天——我处于幸福顶点的那天一模一样。而如今，我的心情如同一块黑乎乎的抹布，似乎只要一拧，就会挤出散发着腥气的液体。

我回到房间，将拉门关得严严实实，这样一来，从任何角度就都没人看得到我了。我一下子蹲在地上，仿佛浑身的力气都被抽空了。总算到了这一步。以这样疲乏的状态应对接下来要做的事肯定不行。然而，如此长时间持续的、不能有分毫破绽的表演造成的精神压力实在太大了。

我把皮包拉到身边，取出小镜子，忐忑地照了照。浑圆的镜面上映出一张白发老妪的面孔：两颊松弛，眼角有无数道深深的皱纹，左看右看都不会觉得年纪在六十岁以下。这样的客观效果再一次带给我勇气，但不可否认，我同时感到了几分怅然。

店长说晚餐于六点半开始，到时我就得和一原家那些人碰面了。我曾在高显先生的葬礼上以这样的形象见过他们。不过那时不知发生了什么纠纷，那些人的注意力明显很涣散。今天就不一样了。

看来吃饭前最好重新把脸修饰一下，还要提前泡好澡。这样一来，如果有人邀我去浴池，我也就有了拒绝的借口。

我走进浴室，开始往浴缸里放热水，然后到洗脸台前卸妆。老妪的脸眼看着被慢慢剥去，属于年轻人的肌肤——三十二岁的肌肤显露出来。

当妆全部卸去之后，我又感到了另一种忧伤。这已不再是我的脸——只有一小部分皮肤是健康的，其余则布满了丑陋的术后疤痕。我记得在一档电视节目里，某大学教授曾感叹整形外科技术正突飞猛进，然而事实是，即使我不乔装打扮，恐怕如今也没有几个人能认出我。

我小心翼翼地摘下假发。这是一顶几乎呈乳白色的漂亮假发。现在制作女性假发的公司很多，只要肯掏钱，任何要求都能得到满足。我拿着本间菊代夫人的照片，明确提出假发就要做成这个人的头发的样子。对方虽然诧异却也承接了下来，或许想当然地认为要用于拍电影之类的事吧。

　　其实我本想染自己的头发，担心用假发可能会露出马脚。我曾装作不经意地向美发师打听过，好像也不是完全不行。据美发师说，使用两次脱色剂，头发就可以变成淡金色，之后再用浅蓝色染，虽然达不到纯白，但也可以打造出银发的感觉。于是我下定决心，按美发师说的进行操作。然而结果简直是一场灾难：颜色是脱掉了，可头发变得非常稀疏，头皮也发红溃烂。再染上蓝色，颜色和自然生出的白发相差甚远。我只好把头发全部剪掉，最后还是用了假发，没想到效果出奇地好，不知情的人绝对看不出来。唉，还不如一开始就这么做。

　　浴缸里的热水已经注满。我脱掉衣服，赤裸着站在镜子前。我打量了下这个三十二岁女人清瘦的身体，稍稍扭过身，看向映在镜中的背部。后背上也布满了难看的烧伤疤痕，仿佛地图上的一座座岛屿。我无法忘记这一切，无法将恨意稀释哪怕一点点。

　　我全身浸在水中，伸展开手脚，趁现在赶紧放松一下。下一次的放松还不知在什么时候。

　　我仔细地抚摩着全身每一处。当手指触到干瘪的胸部时，心里一阵痛楚。只有一个男人，曾经温柔地吸吮过这里的乳头。

二郎，我的二郎。

我永远不会忘记和他在一起的日子。那是我一生中最美好的时光。

我立刻摇了摇头。这段最美好的回忆，也附带着最可怕的记忆。

让我坠入地狱那天的记忆。

二

　　我做了个噩梦。梦的内容不记得了，只知道那是个噩梦。我被深深地魇住。

　　我大概是被人唤醒的。一睁眼，护士的脸庞映入眼帘。

　　"桐生小姐，桐生小姐！"护士轻声唤我。

　　我感到一片茫然，渐渐意识到自己身在医院。"这是……哪里？发生了什么事？"我勉强才发出声音，那声音嘶哑得让我不敢相信是出于自己的喉咙。

　　护士怜悯地看着我，轻轻摇了摇头。"您不记得了吗？真可怜。不过已经没事了，医生给您做了手术，您很快就会好起来的。"

　　可怜？手术？我听不懂她的意思。我想坐起来，可是浑身的剧痛阻止了我。

护士慌忙给我盖好毛毯。"您不要乱动。医生马上就过来。"

"为什么……"这时我才意识到脸上缠着绷带，绷带下面传来疼痛的感觉。"啊！我的脸……我的脸怎么了？"

"您别担心，没什么的。请您冷静一下！"

"让我看看，我的脸到底变成什么样了？"我再次挣扎。

护士竭尽全力试图安抚我。"没事，已经没事了。都给您处理好了，不用担心。"

不久，主治医生过来了，和护士一起安抚我。看到男医生的面孔，我瞬间想起了一件事。

"啊，对了！二郎呢？二郎在哪儿？他应该和我在一起的……让我见见他！"

"冷静一点，不要激动！"戴着眼镜的医生严厉地对我说。

我清醒了一些，全身没有一丝力气。"到底发生了什么……"

"您完全不记得了？"医生显得有些为难，他说希望由我自己回想起一切。

我搜寻着记忆。茫茫黑暗中，一个红点闪现在眼前。它渐渐变大，成了熊熊燃烧的火舌。它要将我吞噬。热气和浓烟包围着我，还有建筑倒塌的声音传来。有人在我身旁。二郎！我呼唤着抱住他。我想就算自己烧焦了也要护住他。

记忆缓缓复苏。我清晰地记起了发生的事。

"他……和我在一起的那个男人，现在怎么样了？"我直视着医生。只见医生的目光在镜片后游移，随后他别过脸去。我明白了。"怎么会这样……"我把脸埋进枕头，不想让别人看到自己如此可怜的样子，但呜咽声还是难以抑制地溢出了喉咙。幸而医生和护士没有再用那些无意义的话语安慰我。

两天后，我看到了里中二郎的尸体。帮我安排此事的不是院方，而是警方。那时我已经恢复了冷静，客观地分析了那天夜里发生的事，所以当刑警来到我面前时，我并不感到意外。

"你认识里中二郎吗？"神情严肃的中年刑警坐在病床边，以例行公事的口吻问道。他直呼二郎的姓名，这使我心生不悦。

"认识。"

"你和他是什么关系？"

"恋人关系。"我又加了一句，"他是对我来说很重要的人。"

对方轻轻地点了点头。"那天晚上，里中二郎大约几点到你房间的？"

"不知道，可能是半夜。"

"为什么不知道？"

"我当时睡着了。"

"这么说，你不知道他要来？"

"是的，不知道。"我回答得十分肯定。其实，在刑警来之前，我犹豫了很久这个问题该如何作答，最终认为这样说最妥当。

"之前你告诉过他，你那天要住在回廊亭吧？"

"是的，我告诉过他。"

"里中到了以后，你和他说话了吗？"

"没有。"

"那他在见到你之后做了什么？"

我一时语塞。这是我在心理战中演的一场戏，看来对方被我巧妙地骗过了。他一定认为我在迟疑。

"这个问题回头再说。你还记得那场火灾吗？"

"只记得一些片段。"

"那讲讲你记得的吧。"刑警跷起二郎腿，摆了摆手。

"我正在睡觉，忽然热醒，发现被大火包围了。我完全不知道发生了什么，只想着必须赶紧跑出去，于是拼命地从被褥里爬起来。但后来到底是如何逃脱的，我记不大清了。"这部分倒基本属实。

"当时，里中二郎就在你旁边吗？"

"嗯。他当时躺在我身边。我也纳闷他怎么在，但当时来不及细想。"

"嗯。那么——"刑警再次直视我，"现在呢？你现在能推测出里中当时为什么会在那里了吗？"

我垂下了视线，片刻后抬起眼迎向对方的目光。"大概……跟那场火灾有关吧。"

"看来是这样。"刑警点头表示赞同，"我们的判断是，里中在你入住的房间放火，然后服毒自尽。"

不出所料，警方果然把整件事解释成了是里中二郎凭自己意志所为。

"他为什么……非要自杀？"我问道。

刑警眨了眨眼，挠了挠后脑勺。"在案发的前一天，发生了一起交通事故。"

"交通事故？"

"里中在离公寓几公里的国道上撞了一个老人，随后逃逸。对方头部重伤，没过多久就去世了。"

我陷入了沉默。

"我们在事故现场发现了汽车的涂层碎片，马上判断出了车型，和里中扔在回廊亭附近的车一致。于是我们马上展开进一步调查，得出了就是同一辆车的结论。"

"你们的意思是，他肇事逃逸后，畏罪自杀……"

"估计更多是出于对被捕的强烈恐惧吧。现在我们回到刚才那个问题。"仿佛为了敦促我正面回答，刑警的音量明显提高，"请你诚实地回答，里中二郎半夜潜入你的房间后，对你做了什么？"

我舔了舔嘴唇。我很想知道警方的想法。如果回答稍有不慎，被他们抓到弱点，我的计划就完了。

这时，对方又开口了："我们和你的主治医生谈过。他说你被送到医院时，脖子上有皮下出血的痕迹。回答时请结合这个情况说明。"

我缓缓地闭上眼。连这些都知道了吗？那就没有必要再耍多余的花招了。"其实我也不清楚。"我轻轻摇了摇头，双手捂住缠着绷带的脸庞，扮演起陷入苦恼的女人来，"很突然……睡梦中突然难受得不得了，醒来发现脖子被掐住了。"

"看到对方的脸了吗？"

"没有。当时太黑，而且我刚醒，意识有些模糊。"

刑警明显露出失望的神情。假如我现在明确说那个人就是里中二郎，他的工作便完成了百分之九十九。不过，警方不能只因为我说没看到对方的脸，就改变办案思路。

过了一会儿，刑警重新打起精神，说道："这样说可能对你来讲太残酷，我们目前的结论是：里中二郎要你和他一起死。"

我没作声。这是预料之中的结论。然而我忽然意识到，如果表现得过于平静就太不自然了，于是故作惊慌地哭起来。

"我很同情你。"对方再一次安慰道。

虽然刑警说没必要，但我坚持要去确认里中二郎的遗体。不亲眼看一看，我就无法下定决心。

二郎的遗体存放在警方的停尸房里，应该已经做过司法解剖。我脸上还包扎着绷带，但已经可以下床了。医院不放心，便派负责我的护士陪我一起去。

"那起事故发生在火灾的前一天晚上八点左右。"坐车时刑警告诉我，"他之后的行动还不清楚。不过有迹象表明，他去过一趟就职的汽车修理厂，然后就到你住的旅馆了。他潜入你的房间估计是在两点左右。"

"那天晚上我十一点左右就上床休息了。"

刑警点点头。"你说他进来时你已经睡着了，对吧？然后他就掐住你的脖子，看你不动了，就在屋里点起火，再服毒自杀。肇事后对自己的前途感到绝望而选择自杀的例子并不少见，强迫家人或恋人和自己一同去死的事也不是没有。"

　　"他喝的是什么毒药？"

　　"氰化物。看来他去修理厂，就是为了偷这个。厂里应该会常备氰化钾之类的药剂。"

　　"为什么他不给我喝毒药，让我也服毒而死呢？"

　　"恐怕因为你当时在睡觉，掐住你的脖子比特意把你叫醒再让你喝毒药更省事吧。"

　　为了省事？可惜这个选择是错误的。掐脖子这种方式具有不确定性，我没有死掉就是有力的证明。当时我只是暂时晕了过去，之后还从火海死里逃生。

　　"你还是早点忘掉这些吧。"刑警做总结般说道。他大概觉得我很可怜吧。

　　停尸房在警察局的地下室，是一个阴暗且布满灰尘的房间。两名看守人员抬出一口简陋的棺材。"消防队来得很快，所以遗体上的烧伤并不多，脸部基本没有烧到，否则不会让你看的。"

　　我茫然地听着刑警的解释，看向棺材里。

　　里中二郎的尸体就在里面。

　　我心里一直紧绷着的一根弦，啪的一声，在绝望中断掉了。我缓缓地瘫坐在地板上。刑警在我耳边说着什么，可我什么都听不到。

　　我本不想哭，可眼泪止不住地涌出。我犹如少女般毫无顾忌地号啕大哭起来，心里的哀鸣却不能让人听到。

　　里中二郎被杀了。

　　我的二郎不在了。

三

泡完澡穿上衣服，我开始仔细化妆。应该说是化装吧。我已经练习了无数次，如今，就连最小的色斑的位置和形状，我都能精准地再现。之后也许我不该再把妆容完全卸掉了。虽然已经很熟练，但这种化装如果重新开始，需要将近一个小时。没准有人会突然上门。

又把自己变成一个老太太后，我拉开拉门，眺望外面的风景。记得半年前，我也是这样看着风景。当然，那次我是以真实身份——桐生枝梨子住在这儿的。

当时，一原高显先生还在我身边。他将已变得瘦骨嶙峋的手搭在我的肩上，低声说："这景色可能是我最后一次看了。"

"会长，您可不能示弱啊，比您年纪大的人还在一线干得风生水起呢。"

"你说得对。我还要努力。"高显先生怅然微笑着，似乎彻悟了一切，大概是已经知道自己寿命将尽了吧。

我正沉浸在回忆中，忽然听到有人敲门。开门一看，只见一原苍介站在门外。

"您好。对不起，我们来晚了，路上有些堵。"这个身形瘦削的男子略显神经质的面孔上浮现出生硬的笑容，向我鞠躬行礼。他的实际年纪应该已有五十多岁，但也许是梳成背头的头发还很浓黑的缘故，看上去只有四十多岁。

我立刻回以笑容，低头行礼。"苍介先生，这次承蒙邀请，住在这么舒适的地方，非常感谢。"

"不必客气。您可以放松放松，享受一下温泉。"

"大家都来了吗？"

"是的，我们全家一起到的。您看移步到大堂怎么样？快到晚饭时间了。"

"好……那我去跟各位打个招呼。"我拎起包，和苍介一同沿回廊往大堂走去。路上，苍介提起了本间重太郎。本间重太郎是苍介的亡兄一原高显的好友，也是我冒充的本间菊代的丈夫。

"本间先生过世后，大哥非常难过，他说还有很多事情要向先生请教。我经常听他提起本间先生，也一直敬重先生，先生过世，我很悲痛。"

敬重？真可笑。靠当企业家的哥哥才混上大学教授也就罢了，至今还一事无成，本间先生对高显先生来说有多么重要，这种人怎么可能理解？但凡有所理解，也不至于连本间先生的葬礼都没参加。

腹诽归腹诽，我仍不露声色，做出谦虚惶恐的样子。"你这么说，我先生在天之灵也会高兴的。"

"说真的，本间先生去世对大哥的打击很大。您也知道，本间先生走了还不到一年，他也病倒了。"

"是啊。嗯，高显先生后来住院住了……"

"有一年零两个月。过后听医生说他已经很能坚持了。其间发生了那么多事，公私两方面都让他心力交瘁。"

"说起来，上次发生火灾时，高显先生也住在这里吧？他受到的打击应该不小。"

"确实，那起事故对他的打击很大。好像就是从伊之壹起的火吧……"话一出口，苍介仿佛才突然想起那正是我这次入住的房间，于是慌忙加了一句，"当然，这里都已经做过驱邪的法事，请您放心住。"

"我一点都不介意。那个房间很好，我很喜欢。"

"不好意思。"

我们来到大堂。一原家的人都在，所有人都像在自家客厅一样自在。他们分两张桌子而坐。苍介走近其中一桌，那里坐着一男一女，二人我都曾见过一面，但他们应该都没有见过本间菊代。

苍介向他们介绍了我，其中那个男人站了起来。"我听大哥说起过您。今天远道而来，辛苦了。"

"这是我的弟弟直之。"苍介补充道，"现在在大哥的公司工作。"

"我听说过。高显先生去世后，想必大家都很辛苦吧？"

"确实。不过大家都在努力。"

实际上，这个男人继承了高显先生的事业。他一直在美国分公司，和我见过两三面，但也是很久之前的事了，所以我估计他不大可能记得我本来的样子。即使记得，在我接受过整形手术，继而扮成老太太之后，他也不可能认出我。不过，还是必须小心这个男人。他是高显先生同父异母的弟弟，年龄相差二十几岁，可我在公司时经常听同事说，这个男人和他大哥有着一脉相承的洞察力。

"其实我以前见过夫人。"直之相貌端正，带着温和的笑意。

"啊……是吗？"我心下一惊。

"是在为本间先生守灵的时候。我延期一天回美国，特别匆忙，穿着便服就去了，也就没能亲自问候夫人。"

"这样啊。那天还劳你更改行程，实在不好意思。"我没料到直之还曾为本间先生守灵，腋下不觉冒出汗来。

"您千万别这么说，您还特意把回礼寄到了美国，非常感谢。至今我还用着呢。"

"哪里哪里，不值一提。"

听上去，他指的是奠仪的回礼。本间菊代夫人到底给他寄了什么？还是赶紧岔开话题吧，实在不行就以老年人健忘含糊过去。

我心里正盘算着，没想到直之自己转移了话题："不过，跟我上次见到相比，夫人您好像有些变化。气色好多了，感觉变年轻了。"

"啊……不，哪有这回事。最近照镜子我都懒得多看自己一眼。"我装出老妇人难为情的样子笑了笑，也不知能不能糊弄过去。我自己都感觉那笑声不自然。看来，对这个人一定不能掉以轻心。

"本间夫人，这是纪代美。除了大哥，我还有一个哥哥，纪代美是他的太太。"苍介插话的时机正好给我解了围。我上前寒暄，对方端坐着微微点头。她丈夫比高显先生早三年去世，她从此便和一原家不再有直接联系，然而丈夫健在时养成的倨傲依然如故。可能是因为直之和我多说了一会儿话，无形中让她感觉受到了忽视，她看起来颇为不悦。

苍介又把我领到旁边一桌。这一桌坐着三个女人和一个年轻男人。"这是我的妹妹曜子。她丈夫因为工作，今天无法前来。"苍介介绍的是那个最年长的女人。她大约年过四十，五官看上去像混血儿，和染成栗色的长发倒是挺相称。她站起身，彬彬有礼地点头行礼。"请您多多关照。"

"哪里哪里。"

在兄弟姐妹间，曜子、直之二人与高显先生、苍介二人不同母，因而年龄上有一定差距。

接下来，苍介伸手示意，向我介绍了两个姑娘。"这是曜子的女儿加奈江，这是纪代美的女儿由香。"

由香微笑着向我问好，加奈江微微低头道了一声"请多关照"。由香给人一种丰润的感觉，一看就是在优裕环境下长大的大小姐，加奈江则给人一种野性的魅力。二人的气质恰好形成鲜明对比，不过共同之处是都属于当之无愧的美女。我一边告诉自己如今还忌妒这样的女孩实在太蠢，一边以优雅老妪的仪态向她们寒暄。

剩下的那个年轻男人不等苍介介绍，自己站了起来。"我叫一原健彦，目前从事戏剧方面的工作。"他声音洪亮，给人一种有为青年的感觉。但据我以前对他的印象，他不过是个徒有其表、毫无内涵的人。和戏剧有关的工作，听着好听，其实只是和玩伴一起演些像过家家一样的东西。靠这个当然不可能谋生，实际上他现在还在啃老。

"这是我的儿子，都二十七的人了，还不肯安定下来，没办法呀。"苍介对孩子的溺爱展露无遗。或许正是因为他自己也一直依靠着高显先生，所以并不在乎儿子有没有出息吧。

曜子请我坐下，我便依言落座。苍介自觉已经尽到主人之责，便回到自己那桌去了。

"你们一家人团聚，我这个外人前来打扰，真是不好意思。"

曜子听后连忙摆了摆手。"没有的事。我们时常见面，偶尔有客人在场，感觉还挺新鲜。"

"这样啊。"

"是啊，所以您千万别在意。"

"如果只是和亲戚旅行，我绝对不会来。"加奈江看向由香和健彦，故意捣乱似的说，"这个旅馆我都住腻了，周边也没什么可以玩的地方。只不过这次有件非常重大的事，我才勉强来的。"

"我倒挺喜欢这里的，多来几次也行。"由香平静地说。

"我也喜欢。"健彦附和道，"像这样的旅馆，最近越来越少了。"

"只要有由香，让你去哪里都可以吧。"加奈江瞥了健彦一眼。

健彦对加奈江的嘲讽毫不在意，脸上依旧挂着笑容。由香则一脸置身事外的神情。我推测这几个年轻人之间有事发生。

"反正，"加奈江接着说，"如果没有什么非常重大的事，我是不会来的。就连由香你，其实关心的也是那个吧？"

"才不是，那种事关心也没用。"由香看着摊在膝盖上的杂志说道。

"是吗？可我觉得那可是件大事。毕竟，一笔巨额遗产的归属明天就揭晓了。这对将来也有很大影响呢，可以说是人生中一件非常重大的事，婚礼也不能和它相提并论。"

"加奈江！别说什么'非常重大的事'了，好不好？不嫌丢人吗？"曜子似乎已忍无可忍，低声提醒道。她应该不是认为女儿的态度不严肃，而是不希望显得过于贪婪吧。

加奈江耸了耸肩，吐了一下舌头。

四

　　我还记得高显先生第一次提起遗嘱时的情景。当时他已住院一个月左右。在病房里，他以闲聊般的语气对我说："我也该提前做些准备了。"

　　"您不要这么悲观，好吗？"我极力保持着开朗的语调，"但我赞成您写遗嘱，虽然我估计再过几十年才用得到它。"

　　他明白我是想给他打气，笑了起来。"遗嘱的内容已经大致定好了，但还遗留了几个大问题，可能还会不断调整。"

　　"这是自然。"

　　"恐怕还要麻烦你，做好思想准备。"

　　"我知道了。"

　　当时我对"麻烦"一词的意思并没有多想，以为高显先生说的时候也没有任何具体的含义。然而几周之后，我才明白事实并非如此。

"还有，虽然现在我一行遗嘱还没写，这么说有点奇怪，不过遗嘱必须要在一定条件下才能公开。"

"什么条件？"

"首先，为了避免造成混乱，遗嘱在我死后至少一个月后才能公开，而且要在相关人员全部到齐的情况下。既不许无关人员参加，也不能少人，允许代理人到场。"

"可是不看遗嘱内容，就不知道谁是相关人员了吧？"

"相关人员的名字，我会提前告知古木律师。公开遗嘱的地点，就定在回廊亭好了，在那儿不会被杂音干扰。"高显先生的表情略显落寞，"我打算把墓地选在八泽温泉。你知道吧？就是那座小寺院。"

"我知道。"

"那里和回廊亭离得很近。遗嘱公开之前，也许大家会先去给我上炷香。"

看来，这才是将公开遗嘱的地点选在回廊亭的最大原因。高显先生是担心家人都只关心遗嘱内容，却忘了他这个写下遗嘱的人。在他身边多年，我突然意识到他竟然也有软弱的一面。

"不过，最关键的遗嘱内容，让我很头疼。"高显先生躺在病床上，挠了挠头，"我和家人的关系都很疏远，真不知道该怎么分配。这种时候，要是有个妻子名分的人就好了……可是，如今提再婚的事……"

我很清楚他为什么犹豫。我想我应该说些什么，可此时无论说什么都没有任何意义，我只能默然。

高显先生也陷入了沉默。

五

"让各位久等了。晚餐已经备好，请各位移步餐厅。"

店长的声音让我回过神来。苍介等人则一副迫不及待的样子，纷纷起身。

"那咱们也去吧。"

在曜子的催促下，我也故作吃力地站起来。

餐厅是一间和室，大小正适合亲友一同用餐。餐桌下方的榻榻米被挖空，坐下来用餐时腿可以伸开。这还是高显先生提议的，目的是照顾外国客人的习惯。

苍介一副理所当然的表情坐到了上首，其他人也都找到各自喜欢的位子就座。我正准备坐到最边上，直之请我往里面坐，我只好向里挪了一个位子，他则坐到了那个空位上。我实在不想和这个人挨着坐，可也没有办法。

会餐没有正式的开场白就开始了。菜品应该叫作"西式怀石",既有纯日式料理,也有几道西式荤菜。酒水最初只有啤酒和本地酒,随后又应两个姑娘的要求,端上了白葡萄酒。我也跟着喝了一点。

如出租车司机所言,回廊亭目前还处于歇业状态。先是火灾,随后老板一原高显离世,可以说灾难接踵而来。除了店长,其他员工都调到了集团旗下的另一家酒店。这次亲友聚会,连厨师都是从那家酒店临时借来的。由于人手不足,每次都是店长亲自上菜。每次直之都会和店长说几句客套话,她也殷勤地回应。

"估计她心里也很关心遗产继承的事吧。"见店长离开,曜子开口道,语气中带有几分恶意。

"这也在所难免,因为马上就要有新雇主了嘛。说不定她即将面临失业呢。"苍介边夹菜边说。

"不过作为旅馆的店长,真穗小姐是很优秀的。我觉得无论最终由谁来经营,都不会解雇她。"直之为店长申辩。

我这才想起她的名字是小林真穗。

"就是说如果回廊亭交给你经营,真穗小姐就高枕无忧了。"苍介回应道。听他的语气,仿佛在说:这可不一定。

"我对经营旅馆不感兴趣。"直之略显不悦地说完,一口气喝光了杯子里的酒。我又给他斟上。

"她原先好像是大哥的情人吧?"曜子压低声音说。

"哎？是吗？"加奈江似乎对这个话题充满兴趣，立刻凑了过来，"我怎么完全不知道。这是什么时候的事？"

"很久以前了。"

"大哥不是那种好色的人，只是做了常人都会做的事，对吧，直之？"

"以前的事我不太清楚。"苍介似乎希望直之赞同他的说法，直之却反应冷淡，"况且这也和她作为店长的能力无关。"

"我也这么想。"纪代美突然说道，"这种庸俗的话题，今晚还是少说为好。"说完，她喝了一口葡萄酒，故意自言自语了一声"好喝"。

听到她嘲讽般的话，曜子明显露出了不悦的神情。

"我还以为大伯的再婚对象会是那个女秘书呢。"

这句话令我心下一惊。说话的人居然是一直沉默寡言的由香。其他人也都露出惊讶的表情。

"由香，"纪代美立即责怪道，"别说了。"

"哎呀，没关系吧？端着高尚的姿态一本正经地回忆故人，也太没意思了。"

因为刚才纪代美的嘲讽，曜子立刻反驳道："我倒想听听。你说的女秘书是桐生枝梨子小姐吧？"

"嗯，没错。"

"可是年龄差太多了吧？她应该才三十多岁。"

听了曜子的话，加奈江立刻兴致勃勃地加入了谈话："妈，你的思想太守旧了。为了嫁入豪门，最近和爷爷辈的男人结婚的女人增加了呢。"

"由香，你这么说有什么根据吗？"苍介问。

由香垂下长长的睫毛，答道："我是听大伯亲口说的。他说要是早十年遇见她，就会向她求婚。虽然大伯像是在开玩笑，但我觉得那是他的真心话。"

我有些心烦意乱。

在座的人似乎也受到了不小的冲击，纷纷议论起来。

"大哥还说过这种话？我都没注意到。"苍介煞有介事地双臂环抱，沉吟起来。

"这么说来，我觉得也不是没有苗头。"曜子似乎想起了什么，连连点头，"这两个人的关系看上去确实不同于一般的社长和秘书。或许就像加奈江说的，桐生小姐想嫁入豪门，而大哥也乐于和年轻女人在一起。"

"是吗？我见过那个女人几次，说真的，她毫无女性魅力。"

听着愚昧无知的健彦胡说八道，我真想用锤子把他那趾高气扬的样子砸瘪。

这时，小林走了进来，谈话便中断了。我正暗自庆幸话题可以就此转移，没想到她刚一出去，苍介又重提起来。"直之，你听说过什么吗？关于大哥和那个姓桐生的女秘书的事。"

直之端着酒杯抬起了头。"大哥倒是对我略微透露过类似的事。"

"类似的事？"

"就是再婚。"

"再婚？什么时候和你说的？"

"大概一年前吧。"

"那不就是大哥住院以后？性命能不能保住还不知道，他到底在想什么？"

"正因为知道自己剩下的时间不多了，他才会认真地考虑再婚吧。一向坚强的大哥，那种时候也会变得软弱，他希望有个妻子陪伴他到最后。"

"那么了不起的大伯也只是个普通男人啊。"健彦摇着头说。

其实你什么也不懂！我在心里大骂。你这种没骨气的人怎么可能理解他的痛苦？

"如果大哥有这个意愿，对方应该也不会感到为难。毕竟，即便只是形式上的婚姻，那个女人也能分得大哥的遗产。"曜子显出一副理解的表情。

苍介低声赞同，看向直之。"大哥和你商量了些什么？"

"他问我对这种形式的再婚怎么看。我感觉他好像已经有了具体的人选，便一再追问，显然，他考虑的就是桐生小姐。"

"果真是这样啊。那你是怎么回答他的？"

"我当然说随他自己的意愿了。难道还有其他回答？"

苍介一脸不悦地沉默下来。看来如果高显先生问的是他，他肯定会给出全然不同的回答。

"如果真是这样，那差点就糟了。"加奈江开朗的声音并不合时宜，"不是吗？如果大伯真的让桐生小姐嫁入一原家，那大部分遗产就得归她了，或许就不会有今天的聚会。从这层意义上来说，我们还得感谢那起殉情案呢。"

　　她的话一针见血，让所有人都倒吸了一口凉气。

　　下一刻，令人窒息的沉默笼罩了整个房间。

六

我不是没有意识到高显先生的心意，只是佯装不知。即便他向我求婚，我恐怕也会拒绝。尽管接受求婚能得到连"豪门"二字都不足以形容的巨额家产。

我很敬重高显先生。他作为一名企业家，拥有冷静灵活的头脑，就像一台电脑，能将想法立刻转化为行动。有时我甚至觉得他有些冷酷。然而，当他面对的不是数字而是人时，他又变得虚怀若谷、豁达大度。我当他的秘书六年，在他身边，学到了做人的方方面面。

可是，我无法把他看作我的丈夫，只希望他永远是一个可敬的老板。说得再坦率些，我的理想对象是能够感受到我的女性魅力的男人——不是出于理性考量，是因爱而热情追求我的男人。自称性无能的高显先生不过是在做出冷静判断后，认为比起年轻貌美的女人，他更需要的是一个能够准确执行他指示的妻子，而并非我身上的女性特质。

我如此执着于这一点，或许和我恋爱经验的匮乏有关。不，说"匮乏"都让我感到难为情，应该是"根本没有"。当然，出于一厢情愿的单恋还是有的，但也难免昙花一现的命运。我没有向暗恋对象告白过，所以甚至连失恋都算不上。每次都是一个人怦然心动，又独自黯然神伤。

我进入公司大概一年的时候，认真考虑过向对方坦承自己的心意。或许很老套，我还是将告白的时间选在了情人节。对方是公司的一个前辈，他平时会亲切地指导我，我因此坠入了情网。那天，我把亲手制作的巧克力藏在抽屉里，准备找机会送给他。

结果，我却没能告白，因为在此之前发生的一件意想不到的事干扰了我。不，说"干扰"也许并不确切。

给被爱情冲昏头脑的我泼了一盆冷水的，是隔壁办公室的一个女同事。当天午休时，她说得到了一个有趣的东西，接着拿出一张纸，上面写着"女职员评价表"，但评价的并不是工作表现，而是"容貌"和"性格"。参与评价的是几个男同事，其中赫然出现了我喜欢的那个人的名字。

"男人可真讨厌。"女同事说。她的排名相当靠前，尤其是容貌一项得分颇高，所以她大概只是想炫耀。

我期待又惶恐地找到自己的得分。不出所料，分数惨不忍睹。最让我感到绝望的，是那个人给我打的分数：满分五分，性格是三分，容貌只有一分。

桐生枝梨子，容貌，一分。

那天下班回家的路上，我拼命忍着就要夺眶而出的泪水，把巧克力扔进了车站的垃圾桶。回到家，终于只有自己一个人，我失声痛哭。

我母亲是个胸部丰满、肌肤细腻的女人，然而我一点都没有遗传到她的美：胸平得像搓衣板，皮肤也很粗糙。讽刺的是，父亲那张难看的脸完全遗传给了我。小时候，我常被误以为是男孩，长大后情况也没什么改变，而且就算我是男人，这张脸恐怕也不会受到女人的青睐。

哭了一整夜，我终于下定决心，不再幻想。我认命了，我天生与恋爱无缘。上天没有赋予我美貌，却给了我智慧，今后我将专心磨炼才干，对男女之情的向往则深埋在心中，绝不会让任何人看到。

第二天起，我完全变了个模样。首先，我摘下戴着非常痛苦的隐形眼镜，换上了一副土气的金属框眼镜。那些本就不适合我的时尚女装也被我收了起来，代之以求职时穿的那种老气的套装。

我开始孜孜不倦地努力学习。每天下班后，我不仅要学习外语，还参加各种讲习班，取得了多项资格证。很快，我受到了同事的孤立，但我只是把这些看作无能之人对我的忌妒，不加理会。

幸运的是，我的上司并不糊涂，他们对员工的评价十分公正，非常欣赏我的能力。于是，我破格得到了几次晋升的机会。在跟随几个高管工作之后，我被任命为社长——原高显的秘书。听说是他亲自指定的，这令我欣喜万分。

就这样，丑陋成了我前进的力量，我以最快的速度不断跃上更高的台阶。然而我必须承认，我心中依然存有对恋爱的憧憬。高显先生赞赏我的能力，提拔我当他的秘书，然后又打算以同样的理由选我为妻。但在这件事上，我希望他选我是出于另一个原因。如果能从他眼中看出哪怕一丝对我作为女人的期待，恐怕我也不会拒绝成为他的妻子。

然而这不过是我的凭空想象，因为如果他按这个标准择偶，一定会毫不犹豫地向回廊亭的店长小林真穗求婚。我很了解他们之间的关系。对于高显先生来说，她算是情妇，是为了消除妻子早逝的悲伤而留在身边的，仅此而已。在高显先生的性能力衰退后，作为情妇，她的任务也完成了。

正因这种情况，大约一年半以前高显先生病倒后，他才越来越希望我能成为他的妻子。我强烈地感受到了他的意愿。

他已经知道自己得了癌症，且没有病愈的希望。死前他最放心不下的就是亲手创建的事业，而他不过是想将其托付给最信任的人。

七

甜品端上来后，晚餐接近了尾声。也许是可说的话题都已说完，餐桌上的气氛似乎过了最热闹的阶段。我想时机差不多到了。

"请大家听我说一件事，好吗？"

话音刚落，所有人都停下动作朝我看来。他们的表情似乎在说：这个唯一的外人要说什么？"是关于刚才提到的桐生枝梨子小姐的事。"

"关于桐生小姐？"苍介似乎感到很意外，"本间夫人，您认识她？"

"应该认识吧。"直之在一旁插嘴道，"我知道的不多，不过桐生小姐好像负责和本间夫人联系，对吧？"

"确实如此。"

"原来是这样。她怎么了？"

"可能是些令人不太愉快的回忆。桐生小姐在这里遭遇火灾，然后自杀了。"

的确是不愉快的回忆，一瞬间，几乎所有人都低下了头。

这时，一个与众人的反应截然不同的声音传来。"哎呀，那可不只是一场火灾呢！"是加奈江。她没有意识到周围的人阴沉的脸色，不加停顿地说了下去："其实是殉情案。听说桐生小姐的男友肇事逃逸，然后他就想强迫桐生小姐一起自杀。结果他死了，桐生小姐却奇迹般得救。当时我们都住在这儿，真是可怕！"

她的话令众人更加扫兴。

我向加奈江露出微笑。"是啊，我从报纸上也得知了这件事。"

"是吗？原来您已经知道了啊。"

"过了几天，桐生小姐也自杀了。警方判断她是因恋人死去和严重烧伤的双重打击而自杀的。"

"也不可能有其他理由了吧。"苍介一脸厌烦地说道，似乎不理解都这个时候了，为什么还要说这些。

"是的。"我表示同意，"我也想不出其他原因，但听说没有找到遗书。"

"她受到了那么大的惊吓和打击，哪儿还顾得上写遗书啊。"纪代美说着，开始收拾面前的餐具，也许是想暗示大家赶紧结束这个话题。

我调整了一下呼吸，看了看在场的人，说道："其实，桐生小姐留下了遗书。"

　　"啊？什么？"有几个人惊呼起来。

　　我从怀里取出一个信封，这个信封比普通的稍大。"桐生小姐死后两三天，我收到了这封信。你们看，寄信人写的是'桐生枝梨子'。"

　　"没错。"直之探头看了看，"虽然我记不太清楚了，但这像是她的笔迹。"

　　"这确实是桐生小姐的笔迹。"我断言道，然后从信封中抽出一张信纸和另一个未开封的小信封，"信上写了她决定自杀时的心境，大家请看一看。"我把信纸递给了旁边的直之。他认真地看完，猛地抬起头，表情讶异。

　　"上面写了些什么？"苍介焦急地问。

　　"等等，我来念。"直之挺直身体，"'当您收到这封信时，我应该已经不在人世了，我决定寄出这封信后就自杀。而我自杀的原因，无论是世人还是警方，恐怕都不会往深处想。因为对殉情案仍记忆犹新，大家会想到各种合理的理由，比如追随死去的恋人，或是精神上受到的打击过大。然而，这些都不是我选择自杀的真正原因。殉情案和我自杀这两件事背后，还有更复杂的情况，只是现在我还不能把一切隐情公开，需要合适的时机和地点。但等到那时，我已经不在了，也就无法说出真相。因此我想拜托夫人您帮忙。随信寄来的小信封，请您保管，先不要打开。我想您大概能猜到，小信封里写的内容正是全部实情。我希望您一直保管到高显先生公开遗嘱那天。高显先生还健在，您可能会觉得这样说很奇怪，但他现在病情严重，医生说他最多还剩一年时间。高显先生的遗嘱会选择恰当的时间和地点，在指定的人面前公开。我想夫人应该也会到场。请您到时候带上那个小信封，在公开遗嘱前当众拆开，宣读信的内容。到那时，我自寻死路并拜托您保管信件的原因便会水落石出。另外，在此之前，还请您不要对别人说这封信的事。我知道您或许会对这项奇怪的委托感到莫名其妙，但我能托付此事的，只有您了。恳请您答应，拜托了。×年×月×日，致本间菊代夫人，桐生枝梨子'。"

直之一口气读完后，依旧没有人作声，连加奈江都是一副紧张的神情。在这种气氛下，似乎发出一点声音都会遭到别人的指责。中途过来的小林跪坐在门口，一动不动。

"事情就是这样。"我开口了。所有人脸上仿佛被冻住的僵硬表情这才缓和下来。

"真让人吃惊。"苍介说道，"没想到她写了这些东西。"

"倒也不是意想不到。"直之将信仔细折好后还给了我，"虽然我和她没有过什么接触，但据大哥说，桐生小姐是个非常可靠的人。如果是一般女子，经历那样的殉情案后自杀并不稀奇，而当我听说她坦然选择了死亡时，老实说，我非常意外。"

"大哥也说过实在难以置信。"曜子在一旁附和道。

"真不可思议！信里到底写了些什么？"放松下来的加奈江饶有兴味地盯着我手里的小信封。

"本间夫人，您看……"苍介露出想要讨好我的笑容，"大哥的遗嘱，明天由古木律师公开。不过今天和明天区别不大，能否现在就拆开信封呢？"

"现在，在这里吗……"说着，我迅速观察了一下所有人的表情。其中肯定有人不希望这封信被打开，且这个人应该已经推测出信的内容。既然苍介提议打开，那他是否可以从嫌疑人中排除？不，这也可能是老奸巨猾的他在演戏，信一旦开封，说不定他就会找出什么借口来。其他人大多都显出一副赞同苍介的样子，加奈江更是好奇得眼睛都泛红了。与之形成鲜明对比的是由香，只见她兴致索然，一直看着自己的手。

"这不妥吧？"见我没有明确地回应，直之先开了口，"遗嘱公布的时间是指定好的，还是应该尊重死者的意愿。"

"时间上并没有差多少。反正还有不到二十四小时，一切都会揭晓了。"

"既然是这么短的时间，等等也没关系吧？本间夫人已经等了好几个月了。"

"嗯……说得也是。"苍介说不过直之，略显懊恼地沉默下来。

"不过，这件事有点奇怪。"曜子眉头微蹙，歪着头低声说，"到底是怎么回事呢？殉情案和自杀背后的复杂情况……"

"没什么大不了的吧。我看就是故弄玄虚。"纪代美一副"我可一点都不感兴趣"的模样。其实这种人心里才是最好奇的。

"那个男的好像姓里中？"苍介双臂环抱，"据说他是桐生小姐的男友，比她年轻不少。到底是什么人？"

"好像是汽车修理厂的员工。"曜子立刻答道，"桐生小姐有车，或许是因此认识的，但他们是男女朋友还是让人有些意外。我和桐生小姐虽然连面都没怎么见过，但也无法想象她有那么年轻的男友。大哥好像也不知道。"

"是啊。既然她本人说了他们是恋人关系，应该就没错了，但又为什么说殉情案另有内情呢？她不是也承认当时被男友掐住了脖子吗？"

"不，她没有这么说。"直之纠正苍介，"她只是承认有人掐住她的脖子，并没有看到对方的脸。那个人很可能就是里中，是警方根据案发前后的情况推导出来的结论。"

"也许是吧，可这一点也没什么问题吧？"苍介觉得直之简直是在舍本逐末，不耐烦地反问道。

"等等，这一点或许很重要！"曜子微微伸出双手，想制止兄弟俩的争论，"如果掐住桐生小姐脖子的人不是她那个姓里中的男友呢？那这件事从根本上就不同了。"

"喂，你到底要说什么？"苍介态度强硬地说。

"断定那件事只是殉情，是警方给出的结论。当时发生了火灾，并在现场发现了桐生小姐和她的男友。男友服毒身亡，且前一天还撞死了人，肇事逃逸，而桐生小姐半夜差点被人掐死。

警方不过是通过这些事实推测是殉情罢了。”

“我觉得这个推测很合理。”

“如果桐生小姐本人证实掐住她脖子的人是里中，我也会认为合理。可问题是她没看到对方的脸，所以这一点还是存疑。”

“难道你认为这不是简单的殉情，而是有人蓄意谋杀？”直之的表情显得有些僵硬。

“我只是提供了一种思路。其实之前我就有些怀疑，这件事真的是强迫殉情吗？从里中的年纪来看，他不应该会有这种想法。”

这个见解可以说非常犀利，大部分年轻人是不会因为自己杀了人而自杀的。然而，常常和学生打交道的苍介却暴露了他在这方面的无知。“一起自杀这种事和年龄无关吧？”

健彦马上反驳道：“您真是一点都不懂。姑姑说得对，要是他都有胆量杀害女友了，那首先想的应该是怎么逃避肇事的责任，而不是强迫女友和他一起寻死。”

“我同意。因为惹了事就自杀，这也太傻了！”加奈江也赞同道。

被儿子和外甥女反驳，苍介显得很不快。“如果掐住桐生小姐的另有其人，而她又看到了那个人的样子，应该不会不告诉警方吧？”

“所以说她没看见嘛。”曜子说，“不过某些证据让她知道了殉情案是有人刻意安排的。只是也许这些证据并不足以说服警方，也就是没有所谓的物证。于是，她决定不直接告诉警方，而是以其他形式揭露真相。这是否就是这封遗书的内容呢？"说着，她指了指我手中的信封。

"无聊。"纪代美哼了一声，似乎对小姑子的推理十分不屑，"你说殉情案是有人刻意安排的？你怎么会这么想？我看不过是肇事逃逸的男人潜入女友住的旅馆，杀了女友后自己服毒，最后纵火，仅此而已。"

"嫂子，那你是怎么想的？你认为桐生小姐在信里说的殉情案的内情是什么？"

"我认为里面不会有什么重要的信息。"

"你光这么说我可不明白，比如呢？"

"这种事……我哪儿知道！"纪代美不悦地扭过头。

曜子冷笑道："我是看大家都很关心桐生小姐的遗书，所以才按自己的想法推理的。当然，要是大家不满意，我就不说了。"

"不是不满意，是还欠缺一点说服力。"苍介皱起眉头，"桐生小姐没有向警方做出说明这一点，我不能认同。就算证据不足，但只要有殉情案可能是人为的依据，我觉得一般情况下都会告诉警察的。"

"这一点确实应该存疑。"曜子似乎也没有想到合理的解释，便闭口不言。

我心里着急起来。他们好像没有想到我会亲自复仇，而不是靠警察破案。当然，这只有我自己这个当事人才知道。这些人都认定桐生枝梨子已死，所以不可能理解到这一点——已经死去的人是不能复仇的。

然而，一个声音打破了沉默。加奈江又用轻率的口气说道："没准她觉得比起告诉警察，留下遗书的方式更能解恨呢。"

众人讶异地看向她。

"什么意思？"由香问。

"没什么特别的意思。我只是猜想，如果殉情案是有人刻意安排的，桐生小姐大概会非常愤懑，以至于只让凶手落入法网都不够解恨。"

我对这个乐天派简直要刮目相看了：她有多么不擅长逻辑推理，或许就有多么敏锐的直觉。

"这么说，指定拆信的时间就很值得注意了。"曜子接着女儿的见解说道，"既然她特地指定在大哥公开遗嘱的时候拆信，那就可以认为，这封信和大哥的遗嘱有一定关系。也许正如加奈江所说，她的目的是解恨，比如这封信的内容一公布，某个人就会得不到遗产。"

"喂，这个玩笑未免开过头了吧？"苍介厉声说道，"照你这么说，好像刻意安排殉情案的人就在我们当中。"

"不是好像，我本来就是这个意思。我说得不对吗？当时住在这儿的，不就只有我们这些人吗？"

"凶手……"苍介一副不解的样子，"不，如果真的有凶手，不一定就是住在这里的人，外面的人也有可能进来。那个里中不就是从外面潜入的吗？"

"啊，但这是不可能的，舅舅！"加奈江突然嚷道，"当时我听见警察说，起火以后，伊之壹的玻璃拉门是锁着的，只有房门没有上锁。这说明如果是纵火，凶手作案后是无法逃到外面的，应该是顺着回廊逃跑的。"

没想到加奈江会说出如此意外的信息，苍介哑口无言。加奈江扬扬得意，其他人则显得有些尴尬。

加奈江说的的确是事实，却并非我亲眼所见，而是刑警告诉我的，因此可以说是可信的。

于是我更加确信凶手就在他们中间。伪造殉情的样子，然后纵火，企图把我们烧死的人一定就在这些人当中。

"哎，无非都是些猜测。"曜子试图缓和变得凝重的气氛，"反正到明天就知道了。"

大家的目光再次投向我手中的信封。

我老老实实地把信封揣回了怀里，内心却得意地笑起来。

我终于顺利地迈出了复仇计划的第一步！

八

我一定要复仇——

这是当我明白所爱的二郎已经不在这世上时，心里的第一个念头。我要报复那个杀了里中二郎，还想把我也一并除掉的凶手。

我该怎么做呢？用什么方法接近凶手呢？

我躺在医院的病床上思索着。然而我突然意识到，我依然处于危险中，因为凶手知道我保住了一条命。这比复仇更加棘手。

我苦恼了一阵子，最后决定豁出去了。我要先让自己从这个世界上消失，然后再接近凶手。

于是，我屡次对负责照顾我的护士暗示想要自杀。她是个非常认真的人，每次听我这样说，就会像母亲训斥孩子那样严厉地责备我，我也会接受她的批评。可过不了多久，我便又表现出一副不想活了的样子，她也当真生我的气了。

不久，我自导自演了一出自杀未遂的戏码。我用水果刀割腕，接着服用了安眠药，但其实这些事一点都不危险。割腕只伤及了皮肤，伤口离动脉还远着呢。我从几本书里得知，这种自杀方法的成功率极低。

即使这样，被院方发现时也引起了不小的慌乱。这可以说是一次实战演练，充分证明了我有轻生的念头。我得到许多人的开导，连当时还健在的高显先生都来信说"这可不像是你会做的事"，责怪我的行为太过草率，对别人我可以不在乎，但想到要欺瞒他，我心里还是很过意不去。

自杀未遂后，护士查房的次数增加了。我依旧隐隐透露出寻死之意，继续营造一种"不知什么时候又会做傻事"的危险氛围。

就这样，快出院时，我下了最后赌注。趁着夜深人静，我悄悄离开医院，步行到车站。这个车站很小，且刚过深夜两点，站前一个人影都没有，只有一辆出租车停在规定的乘车处。附近有几家营业到很晚的酒馆，司机估计是在等最后被赶出店铺的客人吧。

我走上前，敲了敲车后座的车窗。司机好像在打盹，惊醒后打开了车门。看到我的样子，他不由得一惊。这也难怪，为了遮挡脸上的伤痕，我戴着大口罩和墨镜，头上还有一顶和季节不符的滑雪帽，身披一件浅色的长款开衫。深夜里见到这种打扮的人，任谁都会感到惊悚吧。

"去……岬角。"我生怕他拒载，赶紧坐进车里。也许是隔着口罩听不清楚声音，司机问了一声"什么"。我又说了一遍地名，那是向南十几公里的一处小岬角。

"呃……是现在到那儿去吗？"司机露出诧异的神色。

"麻烦您了。我和人约好在那儿碰面。这是车费。"我拿出三张一万日元的钞票递给他。

"哦……"

也许是看我这身打扮怪异，怕问多了惹上麻烦，司机不再多说，发动了汽车。我感到庆幸，毕竟有些人拿钱也支使不动呢。

车子一直行驶在国道上，路上车辆很少。不知什么时候下过雨，湿漉漉的地面泛着水光。

因为是夜间行车，不到三十分钟便能到达岬角。四周已是一片荒凉，我让司机把车停在了半路上。

"停在这儿？行吗？"司机终于开口问道。

"嗯，有人……我男朋友应该一会儿就来了。"

"啊，这样啊。"司机亲切地对我笑了笑。不过，也许是觉得面前这个随意地说着"我男朋友"的女乘客看上去有点可怕，他的表情显得有些僵硬。

下车后，我并没有马上离开，因为如果那个司机发现我向海边走去，没准会意识到什么而追过来。

司机的确显得有些迟疑，但片刻后便驾车驶离了。我站在原地，直到出租车的尾灯消失在夜色中。

我松了口气，侧耳倾听，海浪声近在咫尺，还闻到了海腥味。我掏出手电筒，借着灯光走上了旁边的岔路。才走了几十米，就到了海边的断崖上。我大胆地走上前去，用手电筒照了照下方。凹凸不平的岩石表面被海浪冲刷得闪闪发亮。夜色中的大海如同焦油一般漆黑，让人毛骨悚然。

一瞬间，我想干脆就这样纵身跳下，一了百了。反正我也不想活了，如果死了，就可以忘记二郎。但深呼吸之后，我还是摇了摇头，仿佛在努力抗拒暗夜中的大海对我的诱惑。死，什么时候都可以。当它成为最后的王牌，我再无所惧。

我脱下毛衣外面的开衫，这件衣服是我在医院里一直穿的。我把它团成一团，奋力扔了下去。浅粉色的开衫被风吹起，最后还是掉进了海里。我将自己当成那件开衫，它坠入了海中，意味着桐生枝梨子已经死了。

我又将滑雪帽扔了下去，然后换上随身携带的运动鞋，把脱下来的一只凉鞋扔了下去。这也是我住院时常穿的。另一只则放在了悬崖边。

这样就可以了吧，伪装得过于精心反而会露出马脚。

我开始往回走，小心翼翼地不留下脚印。现在穿的这双运动鞋是得到外出许可时偷偷买的，毛衣和牛仔裤也是。

我回到国道上，沿着来时的路返回。从这里走几公里，就能到达最近的车站。

我留意着不要让偶尔驾车驶过的司机看到。从逃出医院到乘坐出租车这段时间，有目击者对我来说更有利，而现在不同了，我不能被别人看见。每当我发现亮着灯的汽车朝我驶近，都会赶快躲到草丛后面。

到车站时刚过凌晨四点。这个车站小得好像一座民宅，但也有个候车室。我拖着疲惫的身体，很想进去躺一会儿，但最后只看了看时刻表就绕到了车站后面。现在待在候车室，说不定会给工作人员留下印象。我找了个隐蔽的地方坐下来，背靠着车站的墙。走了太长时间，我全身都汗津津的，如果不擦干，汗水蒸发，身上的热量很快就会被吸走。我伸手在怀里摸了摸，拿出一块已经被汗水浸湿的毛巾。我预想到了这种情况，从医院出来之前便顺手揣进衣服里一条毛巾。

我似乎打了个盹，睁眼一看，天已经亮了，四周传来了人声和铁路道口的警笛声，看来是电车要开动了。

我摘下口罩和墨镜，取出头巾包在头上，然后脱掉毛衣，将其当成围巾，从罩衫的领口处一直裹住了整个脖子。

等头班电车开走后，我算好第二趟车的时间，走进站内，在自动售票机上随意买了一张票，面无表情地穿过了检票口。工作人员应该没有特别注意到我吧？

站台上只有几个上班族模样的男女和学生昏昏欲睡地坐在那里，似乎对别人毫无兴趣。上车后，他们那种漠不关心的样子依然没有变化，这对我来说自然是求之不得。

就这样，我成功地将自己从这个世界抹掉了。

后来我才得知，在我消失大约一个小时后，医院里掀起了轩然大波。他们分头在医院附近寻找我，没有找到，随即报了警。由于有自杀的可能，警方派出了不少人手，但因为是半夜，搜查基本毫无头绪，等到第二天早上八点才终于找到疑似载过我的那辆出租车。询问过司机后，警察直奔岬角，在那里发现了一只女式凉鞋。那一瞬间，他们或许已经预测到了最糟糕的事态。

当天下午，在附近海滨发现的女式长款开衫令他们确信这个预测成为现实。据有关人员证实，那正是桐生枝梨子的衣物。第二天，他们又发现了毛线帽。而另一只凉鞋大概是沉到了海底，一直没有找到。

通过这些情况和我此前的举动，警方推断桐生枝梨子可能已经自杀。只是因为没有找到尸体，警方和有关人员对此还是抱有疑问。

然而这件事最终也只能不了了之，因为桐生枝梨子一直下落不明，且她没有任何伪装自杀的动机。

那天早晨下了电车后，我换乘了几次其他交通工具，当天下午到了群马县前桥市。考虑复仇计划时，我已经决定先来这里，因为我最信任的本间菊代夫人就住在此处。

本间重太郎是一原高显的学长，也是他在事业上最好的顾问。不过，本间先生和高显先生的公司并没有直接关系。这个人的特别之处在于喜欢把人和金钱当作经济这一将棋棋盘上的棋子，对头衔和地位却毫不在意。高显先生多次想请本间先生身兼名誉职位，都被婉言谢绝了。

大约一年前，本间先生因心肌梗死去世了。在这之后，高显先生最担心的便是本间夫人。经济上的资助很简单，但要在精神上安慰孤零零的本间夫人并非易事。于是，高显先生开始定期去看望她，一个月会去两三次。每次只带些小礼物，闲聊一会儿就回去。不过，哪怕光是这样，本间夫人也显得很欣慰。

这段时间，高显先生的健康状况每况愈下，后来就只有我一个人去看望本间夫人了。当我转达高显先生不能亲自拜访的歉意时，夫人有些淘气地笑起来，眼角满是皱纹。"没关系。说真的，你能一个人来我还高兴呢。这么说虽然有些对不起高显，可我一听到公司业绩之类的事，忍哈欠都忍得辛苦。还是我们女人有共同话题。当然，前提是你还把我这样的老太婆看作女人。"

她是真心盼望我去，我也期待和她见面。她对人生的追忆总能给予我温暖和借鉴，而我则告诉她一些当下的见闻。我们都喜欢做菜，"有新菜谱吗"常常替代了见面时的寒暄。如果有，我们就直奔厨房，一起尝试做一道新菜品。

丈夫去世后，她的确很寂寞。仔细想一想，我以前从来没有过像夫人这样真心相待的朋友。

她是第一个也是最后一个听我提起二郎的人。此前她从未对我说过恋人和婚姻的话题，但在我告诉她有了交往的对象后，她用力地点了点头，说："我猜到了，因为你最近整个人都变得红光满面了。"

我告诉她对方比我小八岁，她的目光迟疑了一瞬，马上恢复了温柔的笑容。"也许他正适合枝梨子你呢。"

"您会支持我们吗？"

"当然。你可以带他来。"

"嗯，好的。"我小声回答。

当我决意复仇并打算伪装自杀时，我能想到的藏身之处只有夫人那里。我相信她会理解我的。

我自然要隐瞒殉情案的内幕和我的复仇计划。一来，夫人绝不会对犯罪行为听之任之；二来，我不想给她添麻烦。不过我需要告诉她伪装自杀一事，并向她解释我是想在众人面前消失一段时间。

然而，我并没有见到本间夫人。不，见是见到了，但我们再也无法交谈了。我在本间家看到的，是倒在客厅里的夫人的遗体。

在已经开始腐烂、散发着异味的遗体旁，有一张摊开的报纸。看到这份报纸，我才明白她为什么会这样。在社会新闻的版面上，刊登着发生在回廊亭的殉情案。报道中没有提及当事人的姓名，但夫人应该可以猜到上面的"A子"就是我。她和她丈夫一样患有心脏病，也许是读了报道后大受打击，病情发作身亡的。我回想起住院后夫人一次都没有联系过我，我也没有感到不对劲，不禁痛恨起粗心大意的自己。

我跪在本间夫人身边哭泣了良久。面对尸体，我丝毫没有感到恐惧，只有悲伤。被人精心设计的殉情案夺走了我太多东西，我已经一无所有。

不知过了多久，一阵呼唤声传来，我才清醒过来。只听门口有人喊道："本间女士！您在家吗？"

我飞快地擦干眼泪，戴上夫人的眼镜以掩饰哭红的眼睛，走了出去。

一个邻家主妇模样的胖女人站在门口，看见我后显得有些吃惊。"您是本间夫人的亲戚吗？"她直接问道。

我不假思索地答了一声"是"。

"哦。我看见门口的信箱里堆了好多报纸和信，有些不放心，所以过来看看。没什么事吧？"

也许是我多心了，从她的语气中我似乎听出了几分失望，而我根本不打算告诉她实情。

"本间夫人去我家玩了，今早才回来。真不好意思，让您担心了。"

"啊，原来是这样……"她打量了我一番，没再说话，转身走了。

最初的这个谎言倒让我下定决心要隐瞒夫人的死。等到时机成熟，我就假扮成夫人接近凶手。一定会有机会的！

我悄无声息地过了几个月。幸好没有外人来访。偶尔有电话打来，但都不是必须由夫人亲自接听的。我自称是家政人员，把这些来电都敷衍了过去，没有人感到异常。看来，夫人的生活中已经没有关系亲密的朋友了，自然也不会有人怀疑。

我满怀歉疚地把夫人的遗体埋在了壁橱的地板下，用稀释过的家用水泥浇灌上去时，我的心痛极了。但是如果不这样做，异味可能就掩盖不住了。此后，我每天都在壁橱前放上鲜花。

那时，我每天要做的事就是逼自己的大脑和身体记住有关本间夫人的各种信息，练习化装。我读过一本外国纪实小说，那是一个女人装扮成老太太生活多年的故事。我觉得自己也可以做到，而且我只需要欺瞒几天。

但化装并没有想得那么简单。和舞台上、电视剧里的化妆不同，我必须化得非常自然，即使别人离我很近也看不出来。另外，不管外表多么相似，如果举止还像三十多岁的女人那样，也没有意义。于是，我每天晚上都对着镜子练习，直到有了一些信心后才外出测试效果。

就这样过了四个月左右，我从报纸上得知高显先生去世了。悲痛的同时，我感到时机终于到来。我身着本间夫人的丧服，化好装，出席了葬礼。

公司那边还要另外举行追悼会，但那天的葬礼上，除了一原一家，还来了不少公司的高管和商业伙伴，可谁都没有发现我是个冒牌货。虽然大家都知道本间重太郎，却没人见过他的夫人。当然，更没有人认出我是桐生枝梨子。

我堂而皇之地上了香，然后离开了寺院。我表面上装作平静，心跳却比平常快了两倍。不仅是因为紧张，还因为一想到要报复的人就在其中，我就难以克制激动的心情。

就这样，我成功地初次以本间夫人的身份出现。问题是接下来该如何步步逼近计划的核心。没想到的是，这个机会自动来到了我面前。

葬礼结束一周后，我收到了一原苍介的来信。信中提及高显先生的遗嘱定于七七在回廊亭公开，本间夫人的名字出现在遗嘱有关人员的名单中，请务必到场。我毫不犹豫地回信表达了出席的意愿。

如今，我走过了漫长的道路，再次来到回廊亭。这一次，我是本间菊代，而非桐生枝梨子。

九

凶手就在这几个人当中，这样一切才说得通。只不过我还不知道是谁。

为了找出真凶，我制定了一个计策——用诱饵把对方引出来。诱饵就是我刚刚在众人面前展示的桐生枝梨子的遗书。

凶手一定会盯上这封遗书，因为殉情案的秘密一旦暴露，凶手就会身败名裂。

晚饭后，一原家的人都离开了餐厅，有的回了房间，有的去了浴池。我选择在大堂休息。加奈江、由香和健彦也来了，与我同坐一桌。一落座，加奈江就迫不及待地问道："伯母，您住在出过那种事的客房里，不害怕吗？"

能毫无顾忌地提起一般人都刻意回避的话题，确实可以说是这个姑娘的优点。我不禁微笑。"没什么可怕的啊。房间刚刚翻修过，是崭新的，景致也不错。"

"感觉会有幽灵出没，我可不喜欢。"她双手搓着胳膊，声音颤抖地说。

"加奈江，你太失礼了！"由香责怪表妹说话没有礼貌。可惜这并非出于对他人的体谅，而是考虑到大家对自己的评价才刻意为之。从这点来说，她的本质也许比加奈江更恶劣。

"要是真有幽灵，不也很有意思吗？我又不是不认识桐生小姐。"说什么幽灵，桐生小姐本人都坐在这里呢。想到这儿，我忍不住笑起来。

"刚才那封遗书……"由香的表情显得有些不自然，"您一点都猜不到内容吗？"

"猜不到。"

"我基本不认识桐生小姐。可是会不会像叔叔和姑姑说的那样，遗书中揭露了殉情案是伪造的。"

"那只是凭空想象。"健彦抢在我前面答道，"尤其是姑姑，她有时候好像就喜欢把事情复杂化。"

"咦？健彦，你刚才不是还赞同我妈的意见嘛。"加奈江噘起了嘴。

"是吗？"

"你不是说，年轻人不会想到强迫别人一起自杀吗？"

"我只是就事论事。"

"那还不是一样嘛。如果不可能是殉情，那不就应该是有人刻意安排的吗？"

"喂，加奈江，我只是问一下伯母。"

听到由香斥责的语气，加奈江吐了吐舌头，健彦也有些不好意思。

我微笑着说："我对这件事的了解，也仅限于从报纸上看到的那些。其实我还想问问呢，你们当时都住在这里吧？"

"是呀！"加奈江答道，"这是我们的惯例，每年亲戚们都会在这里团聚一次。"

"你们当时吓了一跳吧？"

"我并没有受到惊吓。我当时睡得正香，忽然被外面的嘈杂声惊醒。那时我住在仁馆，离起火的房间远，倒没什么事。我妈应该很害怕，她住的房间就在旁边，和那里只相距一小段回廊，而且当时就她一个人。"

"你父亲那次没来吗？"

"嗯。以前他都来，但他和舅舅他们的关系不怎么融洽，三年前开始就不再参加这个聚会了。不过也幸亏是这样，才躲过那起事故，运气还不错。"加奈江皱了皱鼻子。

我只见过她的父亲一两次，印象中他是个从底层打拼上来的生意人，也许和苍介那种知识分子谈不来吧。不管怎么说，既然当时不在场，应该就可以排除嫌疑。同理，苍介的妻子也一样，她健康状况不佳，一直住在疗养院。

"是谁最先发现起火的？"我装作不经意地问道。

"哎？是谁来着？"加奈江转头看向由香和健彦。

"不知道。我是听见我爸的声音才醒的，当时他大喊'着火了，着火了'。"

健彦说完，加奈江附和道："我也听见了。之后我迷迷糊糊的，不知道发生了什么，只看到大家全都慌慌张张的。"

我还想详细打听一下当时每个人的行动，却找不到合适的理由发问。

"由香小姐的房间离起火的地方也比较远吧？"

"嗯，和这次一样，都住在波之叁。"

"那时候你已经睡了？"

"是的。后来不知道被谁的喊声吵醒了。"

"哎？我记得由香你很快就跑出房间了。"

"是吗？"

"没错。我夺门而出的时候，看见你正往主馆跑呢。"

"那是加奈江你太不紧不慢了。"健彦取笑道。加奈江噘起嘴，显得有些不高兴。

"当时你只看见了由香小姐？"我问。

"大家应该都在，我有些记不清了……不过我记得和店长擦肩而过时，她还在大喊，问大家是不是都没事。"

看来，店长确实是个责任感很强的人。

"有没有人作证，说起火前听到了什么动静呢？"

健彦听我这么问，揶揄般笑了笑。"不是说所有人都睡着了嘛。再说，就算伊之壹有动静，也只有住得最近的曜子姑姑能听见。"

"可是要说动静，不一定限于伊之壹吧？"加奈江替我反驳道。

健彦哼了一声。"其他房间的声音跟火灾有什么关系？"

"是吗？如果纵火犯是住在回廊亭的人，进出房间就有可能发出声响。可以把大家都问一遍。"

"加奈江！"由香厉声道，"进出房间的声音根本不能成为证据。"

"是啊，反而还会让大家感到不安。"

"我只是说如果凶手在回廊亭里，也许会有什么动静。干什么呀，你们俩合起伙来针对我吗？"

"好啦，不要吵架。"我赶快扮演起和事佬，对他们笑了笑。

"哟，真热闹！"这时，直之来了。他似乎刚洗完澡，头发还是湿的。"泡个澡真舒服。本间夫人，您不去吗？"

"我傍晚已经泡过澡了。"

"那我去了。"加奈江一脸不悦地站了起来。

直之坐到空出来的椅子上，笑着问："你们刚才在说什么？"

由香和健彦都闭口不言。准备离开的加奈江回过头说道："在说发生殉情案那天晚上的事呢。如果凶手是回廊亭里的人，不知道会不会有什么线索。"

"呃，这样啊。"直之显得有些扫兴，似乎对这个话题并不

64

感兴趣。

"舅舅，你有什么线索吗？比如那天夜里，你有没有听见什么声音之类的。"或许是没注意到直之的表情，加奈江直接问道。

由香动了动嘴唇，似乎准备说什么，结果直之开口了："没有，我都不记得了，那天晚上我睡得很熟。"

"你也是被苍介先生的喊声吵醒的？"我问。

"是的。他的喊声特别大，吓了我一跳。"他面带微笑地答道。

"你住在哪个房间？"

"和这次一样，波之壹。"

"伯母！"由香突然站了起来。见我随即露出了惊讶的神色，她改为平静的口吻说道："我先失陪了，去泡个澡。"

"好的，去吧。"

"我也失陪了。"大概是觉得由香走了，自己再待下去也没有意义，健彦跟在由香身后离开了大堂。

"和年轻人在一起真开心，而且由香小姐和加奈江小姐还这么漂亮。"

"可有时候我真不知道她们在想什么，好像一不小心就会得罪她们。"

"哎？有这么危险吗？"

"真的有。"直之向回廊的方向瞥了一眼，随后笑着对我说，"要点喝的吧。您喝什么？"我说："什么都行。"他叫来小林，点了兑水威士忌和一些下酒小菜，还特意点了热乌龙茶。我其实很不愿意和这个人独处，可现在离开又显得太不自然。

"前桥那边现在还很冷吧？"他问。

"嗯，不过最近庭院里的盆栽已经开始发芽了。"

本间夫妇的家在前桥，是一栋小小的二层木制住宅。

"听说现在您家里没有别人了。"

"是的。我先生去世后，就剩我一个人了。"本间夫人说这种话时，绝不会让别人察觉到她的孤独。我努力模仿记忆中她的神情。

"一个人生活还是有诸多不便吧？您是不是应该雇一个人来帮忙？"

"我也这么想。但一直没人来，而且没有我能信得过的人。"本间夫人经常这样说，然后她还会加上一句："不过这也没什么，一个人反倒更轻松。"

"您和邻居经常来往吗？"

"最近有些疏远了。年轻人都不喜欢和邻居相处。"

"是吗？也许是这样。"直之欲言又止。他一定想说，老年人如果独自在家，一旦病倒没有人发现。"对了，"直之换了个话题，"和您这样面对面交谈，不知为什么，有种很奇妙的感觉，应该说是这种气氛很不可思议吧。这么说也许有些失礼，不过我一点都感觉不到面前坐着的是一位比我年长的人。"

"这是因为我这个人很幼稚。"我垂下头，不敢直视他。

"啊，我不是这个意思。也许该说您身上有一种不为人知的年轻气息……"

这是一个危险信号。我必须岔开话题。"嗯……茶还没送来吗？"

他立刻回过神来。"是啊，都这么久了，我去看看。"

看着他起身离去的背影，我不禁松了口气，从怀里拿出化妆镜，仔细查看妆容是否脱落。还好，没什么异常。

大概是因为直之的催促，饮料很快端上来了。他喝着兑水威士忌，语速飞快地讲述着他在美国的工作和生活。我学着本间夫人的样子，微微低下头，面带浅笑地倾听着，不时点点头，或视情形做出回应。

"你们聊得真起劲。我可以打扰一下吗？"曜子走过来，在直之旁边落座。

"我正听直之先生讲他在国外的趣事呢。"

"有没有和外国女人的故事？"曜子笑着给威士忌兑水。

直之苦笑道："你是不知道我在那边有多忙，才会开这种玩笑。大哥用人可狠了。"

"大哥说过，这是为了你好。他觉得要将你培养成一个像样的企业家，不让你吃点苦头是不行的。"

"一点？那算是一点吗？"直之夸张地露出一副愁眉苦脸的表情。

"大哥的精力实在太旺盛了，所以才能成功建立起一原家的庞大家业，可也因此早早就耗尽了生命，最后什么也没有得到。

钱再多也没法带进棺材里。"

话题渐渐又绕到高显先生的遗产上来。曜子应该是有意这样说的。

"继承啊……"直之盯着酒杯里的冰块，"真是件麻烦的事。"

"你说，大哥立遗嘱的时候是什么居心？"曜子低声说。

"居心这个词太难听了吧。"听了姐姐的话，直之苦笑道。

"可他有所企图是事实啊。他并没有将遗产分配的事交给我们。"

"这不是挺好的嘛。要是没有遗嘱，还不知道要闹出什么纠纷呢。"

"这倒是没错，但我总感觉结果不会太理想。大哥是个爱憎分明的人。"

"我无所谓，给我多少我就拿多少。要是大哥一点都没留给我，那也没办法，说明我平时的表现太差。"直之晃着酒杯，笑着看了看我。杯子里的冰块发出清脆的碰撞声。

"你已经很不错了，继承了大哥的公司，已经有一定积累，又确立了相应的地位，得到的够多了。"

"那你也没必要一提到遗产，表情就变了吧？姐夫的地产公司还挺景气的嘛。"

"这倒是……"曜子微微别过脸，轻叹了口气，表情略显僵硬。

"苍介哥在经济上大概也没什么难处，能多少拿到一些估计就满足了。"

"好像并不是这样哦。"曜子皱了皱眉,"我听说他有出山的打算。"

"出山?难道……"

"没错,他打算参加选举。之前他不是说过吗?但最后放弃了。这次好像是认真的。"

"上回是没有得到大哥的支持才放弃的吧?"

"大哥认识很多议员,所以才不希望身边的人进那个圈子。"

"看来大哥一走,他觉得机会来了。而且选举需要财力。"直之用手指敲了敲桌子,皱起眉头看着我,"不好意思,在您面前说这些庸俗的事。"

"是啊,这可以说是家丑了。"

"没关系。"我摆摆手,"我平时都听不到这样的事,还挺感兴趣的。如果选举成功,不是也很好吗?"

"唉,谁知道会怎么样呢。"

"换个话题吧,说点让人开心的。对了,加奈江恋爱方面有什么进展吗?"

"咦?已经定下来了吗?"我问道。

曜子笑着摇了摇头。"她根本不上心。别人介绍了好几个相亲对象,她连对方的照片都不看就拒绝了。"

"她是不是已经有喜欢的人了?"直之笑着问。

"要是有倒也好,可在我看来没有。不过,当妈妈的直觉都不准。"曜子耸了耸肩，大概是觉得很难理解女儿。

"令爱这么漂亮，也许是追求她的人太多，反而让她举棋不定了。"我恭维道。

"谢谢您的夸奖。可惜不是这么回事。坦白说，她还像个孩子一样，她爸爸说她三十岁之前是没法当个合格的妻子的。"

"他对孩子的要求太高了。"我像老太太那样抿嘴笑起来。

"估计由香会比加奈江早结婚，但纪代美似乎还不想让她嫁人。"

"她和健彦先生的关系怎么样？以前我听说要撮合他们两个。"

"谁知道呢。"曜子露出轻蔑般的笑容，"我看是健彦单方面对由香抱有好感，由香却没那个意思。"

"苍介哥好像很上心的样子。"

"是啊。如果由香嫁过去，家产不就翻倍了吗？"

直之嗤笑道："哪儿会这么简单？"

"苍介哥想得就是这么简单。和他比起来，纪代美才是有计谋的人呢。她想让由香嫁给政界或财界的人，如果苍介哥真的当选了，她说不定会动心的。不过……"曜子向前探了探身，目光中充满好奇，"听加奈江说，由香已经有喜欢的人了。虽然不知道是谁，但肯定不是健彦。"

"哎？这我还是第一次听说。"直之露出震惊的表情，往味道变淡的酒中添上了苏格兰威士忌。

"直之先生，你有没有女朋友？"我半带认真地问道。他这个年纪却还是单身，对此我一直很好奇。

"很遗憾，没遇到和我有缘分的人。到了称作'单身贵族'都不合适的年纪，我也没办法……"

"说了这么多，其实就是你太挑剔。本间夫人，您说说看，弟弟快四十了还是单身，我都不好意思大声跟旁人说。"

"枪口怎么对准我了？这个话题选得似乎不怎么好。"直之故意逗趣道。也许因为是亲姐弟，两个人交流起来比和苍介要融洽。

我还想继续殉情案的话题，让曜子再多说一些。然而直之在场，让我很难再提起那件事。

我看了看曜子和直之，随后站起身来。"恕我先失陪，我有些累了。"

"好。明天不必起得太早，您可以好好休息一下。"

"晚安。期待明天再见。"曜子道。

"好的，晚安。"我急忙向他们点点头，离开了大堂。

十

　　我本打算沿回廊走回房间，但又突然想到庭院里走走。庭院里四处都设有长明灯，晚上也可以悠闲地散步，不必特别留意脚下。再过两周，大概就可以赏夜樱了。

　　池塘边有长椅，看着并不脏，我便坐了下来。池面上倒映着回廊亭。我抬头一看，面前正对着伊馆。

　　突然，那时的恐惧和绝望在我脑海里复苏了。对我来说，就那样消失在火海，在无知无觉中死去，也许更幸福。现在尝到的痛苦令我生不如死。

　　二郎，我的二郎……

　　他的声音、笑脸，还有年轻的肉体，永远都不会再回到我的身边。一生中唯一的恋情，就这样以难以想象的残酷结局而告终。

不知不觉间，我的眼泪夺眶而出。无论何时想起二郎，我都会心乱如麻。

有人过来了，我连忙拿出手帕擦干眼泪。我抬起头一看，是小林。她似乎没想到这个时间庭院里会有人，露出了惊讶的表情，但马上又恢复了得体的微笑，说道："夜景很不错吧？"

"是的，让我大饱眼福。"我站起身，"你也来散步吗？"

"我来查看一下四周的情况。不过一般是没有这个必要的，今天是因为有客人在。"

"真是辛苦了。"

"没什么，就当散步了。"

我和她并排站着，低头看着池塘。

我在思索这个女人是否有要杀我们的动机。其他人可能是为了遗产，但对她来说，即使我们死了，她应该也什么都得不到。

如果硬要说，也许是出于忌妒？

也不是不可能。她一直都只是个情妇，高显先生从未向她求过婚。而只跟随了他六年的女秘书却有可能夺走正妻的位置，她会不会因一时冲动而起了杀心？

不，我暗自摇了摇头，那可不是冲动之下的行为，是精心策划的谋杀。这样一来，小林的嫌疑就小多了。

"怎么了？"见我一直盯着她的侧脸，小林诧异地问道。

"没什么。"我笑着说，"你来这家旅馆多久了？"

"嗯……差不多快二十年了。"说着，她望向了池塘。

"你一直都是一个人？"

"是的，一个人。"她点点头，"我对高显先生说过，如果我结婚了，就会辞职。但是他一直都不给我时间。"

"是没有遇到合适的人吧？"

"不如说是因为在这里工作，错过了适婚年龄。"小林自嘲般笑了笑。

"怎么会呢？"我摆出笑脸回应道。

她笑了一会儿，忽然神情严肃地再次看向池塘，长叹了口气。"高显先生很喜爱这家旅馆，他曾说过在这里比在自己家还要放松。"

我轻轻点了点头。这我是知道的。他每次来这里，我基本都同行。

"我在这里当店长的时间可能不会太久了。要看明天的结果如何……"小林真切地说道。

这让我有些意外。她自然会担心下一任经营者，可我不认为她会把这种担心说出口。或许因为我是个外人，她才无意中对我吐露了心事吧。

"不必担心。"我说，"大家都对你的能力给予很高的评价。无论旅馆由谁来经营，肯定还得靠你来仔细打理。"

"谢谢您。"她朝我微微躬身，"不过老实说，我也有些累了，时常会想是不是该引退了。"

"这样吗……那老主顾们可都要失望了。"

"怎么会？您过奖了。"她难为情似的把手轻放在嘴边，"我失言了，不该和您说这些。您能帮我保密吗？"

"嗯，我明白。"

回到旅馆里，我们便要向对方道别。

"那我就失陪了。如果您有任何需要，请打电话叫我。"

"好的，谢谢。晚安。"

和小林分开后，我沿着回廊走到自己的房间。锁好门后，我长舒了一口气，瘫坐在地。

这么长的一段时间终于顺利地度过了，而且效果不错。应该没人发现我的真实身份。我也基本上和所有人都接触过了。接下来只需要等对方出牌。那个身份不明的对手今晚一定会有所行动，因为到了明天，就很难再有机会。

我看了看表，刚过十一点。但对于一个年近七十的老太太来说，这正是就寝的时间。我换好睡衣，把那封信，即桐生枝梨子的遗书放到了枕边。

我打开了房门的锁。按理说，对方应该能想到门是锁着的，会提前从旅馆办公室偷走万能钥匙，可万一在门口鬼鬼祟祟的样子被人看见了反而麻烦，我就给凶手行个方便吧。

随后，我打开皮包，取出一台小型摄像机。这是台八毫米摄像机，最长只能录两个小时。我插好电源线，将机身放回包里，只露出摄像头，调整好位置，对准房间入口的方向，按下开关，确认镜头没有被遮挡，然后在包上搭了块毛巾，电源线则用坐垫盖住。

"一切就绪。"我自言自语着，让自己放下心来。应该万无一失了。

我只开着一盏小灯，随后钻进了被窝。经过测试，这种亮度可以拍摄到画面。崭新的被褥带有一股独特的香味。虽然摄像机运转的声音让我有些担心，不过不知情的人应该会以为是冰箱发出的声音吧。我横下心，反正事到如今也只能这样了。

我闭上眼睛，却根本睡不着。过度的紧张感使我的精神异常亢奋。当然，我也必须如此，现在可不是睡觉的时候。我在黑暗中一动不动，想起了那一刻——半夜里突然被人掐住脖子的一刻。而在那一瞬间，我的青春就此终结了。从第一次见到二郎时才开始的极为短暂的青春……

十一

"枝梨子,你看起来就像个心理咨询专家。"从电影院出来,二郎打趣似的对我说。

"咦,是吗?为什么?"

"电影里的人一说话,你就频频点头,好像在给对方做心理咨询一样。"

"讨厌!被你看见啦?"我害羞地嗔怪道,尽管这样的举止和我的年龄并不相符,"这是我的习惯,看电视时也会这样。"

"是吗?想象一下那个样子,还真有点不寒而栗。"

"啊,你太过分了!"

说笑了一阵之后,我问道:"你接受过心理咨询吗?"

"嗯。"他的神情并没有变化,"是在孤儿院,我十五岁的时候。因为那段时间我成天惹是生非,院长忍无可忍,就把心理咨询专家请过来了。"

"你都做了什么坏事？"

"很多。比如把学校的备用品一个接一个地拿到典当行，用当来的钱去赌马。现在想想，我当时为什么要那么做啊？也并不是很需要钱，或许就是想做些让老师生气的事，以此表现出自己要成为一个不学无术的人吧。真是一种莫名其妙的心理。"

"心理咨询专家怎么说？"

"什么都没说，也没有教育我们。但我记得在那之后，老师变得特别和蔼，让我感到毛骨悚然。"

"心理咨询专家肯定说你其实是个好孩子。"

"是吗？很难想象别人会这么说我。"二郎挠了挠头。

和他走在路上，我发现年轻女孩都会偷偷看他。他是如此引人注目。他仪表堂堂，给人以教养良好的感觉，和他所处的成长环境形成鲜明对比；一双修长的腿像是从时尚杂志里走出来的一样。在众多目光的打量下，我对自己容貌的自卑感到惶恐，但同时也十分自豪。

我问他以前有没有交过女朋友，他说："没有。我只有高中学历，没什么前途，哪有女孩子会看上我呢。"

"是吗？"

"嗯。你呢，枝梨子？一定有过很多男朋友吧？"

我不知该如何回答，不好意思坦白自己到了这个年纪还没谈过恋爱，可最终还是实话实说了。"我也没有。这不是理所当然的吗？像我这种毫无魅力的女人，现在都少见了。"

闻言，他一副不服气的样子，说道："才不是！"随后笑了起来，"但我很高兴，因为这样我就是你的第一个恋人了。"

"恋人……是啊。"这个词令我欣喜无比。

恋人——多么甜蜜的发音。我一直以为今生都和这个词无缘。我真的觉得我可以为他而死。我不允许任何人把他从我身边夺走……

十二

听到轻微的响动，我睁开了眼睛。

看我有多蠢，居然差一点就睡着了，大概是因为精神过于疲惫。

我在黑暗中集中起注意力。我看到拉门被轻轻地拉开，从缝隙中透出微弱的光线。

有人进来了!

那个人拿着手电筒，但是发出的光很暗，可能是灯头用毛巾之类的东西蒙住了。亮光离我越来越近，我赶紧闭上了眼。如果让对方发现我醒着，计划就功亏一篑了。

我仔细听着对方的动静——踩在榻榻米上的声音更近了。我拼命抑制住尖叫的冲动，心怦怦直跳。

脚步声就消失在我的枕畔! 我真想睁开眼，可我不能这样做。对方一定在盯着我行动。

是谁？到底是谁？

我脑海中闪过一个念头：干脆现在就一跃而起，抓住那个人。不，不行。成功率太低，说不定还会弄巧成拙，被对方制住，或传出声音引来其他人，那就得不偿失了。现在我必须忍耐。

摄像机是否在正常运转？现在到底几点了？磁带只能录两个小时，要是没拍到凶手，就前功尽弃了。

我能感觉到脸旁的空气在微微流动，应该是对方拿走了那个信封。脚步声再次响起，而这次是向反方向渐渐远去。

拉门被轻轻地关上了。接着，我听到房门关闭的声音，门锁随即发出咔嗒一声。

我猛地坐起来，发现枕边的信封已经不见。我看了看表，时间是夜里一点十五分。从躺下到现在，过了大约两个小时。

我急忙查看皮包里的摄像机。机器已经停止运转，大概是因为磁带录满了。是什么时候停的？应该刚停下不久吧？我在黑暗中摸索着，将摄像机连上电视，倒带后按下播放键。万一没有拍到凶手——一想到这里，我就感到脑袋一阵发热。

屏幕上出现了模糊的画面——昏暗中可以看见一扇拉门，凶手还没有出现。

我咬着拇指的指甲，心想，如果什么都没拍到，我就无计可施了。唉，真是太大意了。我本应事先算好磁带录满的时间，然后中途换上新磁带，可偏偏那个时候打起了盹。

我正暗骂自己，画面忽然出现了变化。拉门被拉开了。我不禁在心里欢呼起来。

有人进来了。但由于太暗，角度也有点偏，我看不到那个人的脸。不过，从身着的旅馆浴衣和体型来看，明显是个女人。

她从镜头前经过，可以看出她腰肢纤细。是谁？到底是谁？

她从画面中消失了片刻，又出现了。这次是她的背影，还是无法看到她的脸。我紧咬牙关。

拉门合上了。几乎同时，磁带录满，画面随即消失。但就在此之前，她回头向镜头这边看了一眼！我急忙倒带，然后按下暂停键。

啊！这是……

真的吗？原来是她……她就是凶手吗？

画面中拍到的人是一原由香。

十三

我一直等到半夜三点，其间一次也没睡。我不停地在想：为什么是由香？她怎么会来？

现在还思考原因或许有些可笑。我是为了找出伪造殉情案的凶手，才用桐生枝梨子的遗书作为诱饵引对方现身的。结果是由香上钩了，这说明她就是凶手。而动机自然是为了不让高显先生的遗产被别人夺走。

但有一点令我无法理解。由香这个人，能做出这么无法无天的事吗？

不，也许是我想多了。毕竟人不可貌相，不能因为她是个大家闺秀，长得漂亮，就以为她没有世俗的欲望。

犹豫了一会儿，我还是掀开被子起来了。不管怎么说，我都不能就这样等到天亮。既然由香偷走了那个信封，就说明她一定和殉情案有关。

　　我可以逼迫她说出真相。这会儿她应该睡着了。我可以捆住她的手脚，让她说出为什么要偷遗书。说不定凶手另有其人，她只是受了那个人的指使。但即便如此，我也要让她死。作为从犯，她必须和主谋一样受到惩罚。这是我决意复仇时就做出的决定。

　　为了捆住由香的手脚，我准备了两根浴衣的腰带放进怀中，然后从皮包里取出了一把备用钥匙。这把钥匙和旅馆的万能钥匙一模一样，原本是高显先生的，几年前交由我保管。

　　我双手戴上了白手套，以免留下指纹。我并不惧怕警察，只是在被捕前，我还有太多的事情要做。

　　我犹豫着是否要化装。其实我想以真实的样貌面对对方，但最后还是以一个老太太的模样走出了房间。我决不允许复仇失败。万一发生什么意外而不得不改变计划时，在化过装的情况下总是好应付一些。

　　整个旅馆寂静无声，灯光都被调到了最暗。万籁俱寂中，只有我穿行在回廊上。为了不发出声响，我没穿拖鞋，只穿着一双厚袜子。

　　我事先确认过由香的房间号。晚饭后，她曾说自己的房间和上次一样，在波之叁。

　　走过一段长长的回廊，我在由香的房门前停住了脚步。我四下张望，确认没有人之后，屏住呼吸把钥匙插进了锁孔。

只听门锁发出咔嗒一声轻响，我却觉得这声音大得几乎让心脏缩成了一团。我向四周看了看，开门溜了进去。以防万一，我锁上了门。

眼前整齐地摆放着一双拖鞋。我小心翼翼地缓缓拉开拉门，尽量不发出一点声响。

夜灯开着，微弱的光笼罩着房间。灯光下的榻榻米上铺着一床被褥，隆起的被子表明有人躺在里面。

我侧耳细听，想听听是否有沉睡时的呼吸声，可听到的只有外面的风声。我不知道她是睡着了，还是醒着却一动不动。我横下心向屋里迈了一步，榻榻米发出嘎吱一声，顿时令我心悸不已。

她缩在被窝里，只能看见黑色的头发。我蹑足走近，蹲下身来。

她好像睡着了。如果醒着，不可能察觉不到有人进来，也不可能不做出任何反应。

现在该怎么办？

我得先看看她的脸。虽然不可能有错，但凡事都有万一。我抓住被角，缓缓掀开。

我看见了一原由香的脸。她竟然睁着眼睛！她趴在被褥上，脖子扭了过来，脸朝着外侧。

该如何描述这一刻呢？我和她对视着，谁都没有出声，连脸上的表情都没有改变。时间就这样一分一秒地过去，我预感到她就要喊出声来，于是伸出双手环住了她细弱的脖子，然后闭上眼拼命地收紧十指。

过了一会儿，我觉得有些不对劲。由香丝毫没有抵抗，就像个布娃娃般一动不动。她的脖子也像布娃娃一样冰冷且缺乏弹性。

我战战兢兢地睁开眼，再次和她对视，心下一惊，瞬间感受到了另一个冲击。我慌忙放开双手，身体失去了平衡，咚的一声跌坐在地。

然而，由香依旧盯着前方。我不禁咽了一口唾沫，嘴里却隐隐发干。

由香已经死了。

不是我杀的。在我掐住她的脖子时，她就已经死了。

我忽然想到了什么，一把将被子全部掀开。眼前的景象不禁令我低声惊呼。

她的腹部插着一把刀，周围沾满了鲜血。她是被人杀死的。

怎么会这样？到底发生了什么？我脑中一片混乱，无法冷静地思考接下来该怎么做。

我能想到的是必须拿回那封遗书。我跌跌撞撞地站起身，在旅行袋、衣兜和洗脸台等处翻找了一通，都不见那个信封的踪影。

这时我才注意到房间里很乱。很明显，在我行动之前，已经有人来搜过了。

看来，遗书很可能不在这里，而是被杀害由香的凶手拿走了。也就是说，由香不是殉情案的凶手。那她为什么要偷走遗书呢？

现在可不是发呆的时候，疑问可以过后再想，我必须先离开这里。我迅速查看了一下四周，确认自己没有留下任何痕迹。不能让人看出我来过这里。

将被子盖回原位时，我发现榻榻米上也有血迹。定睛一看，像是由香用左手写下的，看上去很像把英文字母 N 反过来变成了"И"的样子。

这大概是由香临死前留下的最后信息，而这个符号也许就暗示着真凶。

我把符号牢牢记在脑子里，然后拔出插在她身上的刀，用刀尖上的血抹去了那个奇怪的符号，把刀放回了被子中。

现在只有我知道由香留下的信息。

我正要出去，手刚握住门把手，便听见对面房间传来开门声。对面是波之壹，直之住在里面。

半夜三更，他在干什么？

等了片刻，我听到轻轻的脚步声，随后消失了。他站住了吗？他到底在干什么？我不安起来。要是刚才没留意便走出去，肯定会和他撞个正着。

但现在由不得我迟疑。我退回房间，悄悄拉开外廊的玻璃拉门。门口有备用木屐，但现在肯定不能穿。我只得穿着袜子走出去，地上并不像我预想的那么凉。

　　月光被云层遮住了，庭院里的长明灯异常明亮。我尽量选择暗处，弯着腰一路小跑。会不会被人发现？越是担忧，心里越是焦急。

　　庭院中间有一方池塘，要过桥必须得绕一大段路，还会暴露在灯光下。我张望了一下，池塘的形状并不规则，最窄的地方大约只有两米宽。我鼓起勇气，以跳远的方式一跃而起。居然比预想的跳得还远，我轻松跃过了池塘。我不禁又一次在心里感谢高显先生，是他鼓励我去健身房锻炼，还说"锻炼好身体也是一项工作"。

　　我继续向前跑，经过路馆，一口气回到了伊馆。幸好出来时玻璃拉门没有锁，我进了房间，一头栽倒在被褥上。

十四

　　我正在房间里穿七七法事的丧服，听到外面传来一阵嘈杂声。我早知道今天不必穿这身衣服。这时，一阵激烈的敲门声响起，我打开门，只见直之站在门外。他穿着丧服，并未系领带。

　　"出事了。"他双眼发红，"由香……死了。"

　　"什么？"我为这一瞬间的表情练习了很久。我眼神恍惚，嘴巴微张，怔了一会儿后，才缓缓地摇了摇头，说："这怎么可能……"

　　"是真的，我没有开玩笑。她好像被杀了。"

　　"被杀了？"我双目圆睁，"凶手是谁？"

　　他摇了摇头。"还不知道。恐怕是入室抢劫的歹徒。纪代美今早去叫她，没有人回应，门还反锁着。纪代美从庭院那边绕了进去，发现她死在被子里。现在我哥已经报警了。"

"怎么会这样？"我双手捂住脸，闭上眼睛，假装在调整呼吸，"简直难以置信。"

"是啊。我到现在都觉得很不真实，但事情就是实实在在地发生了。夫人，非常抱歉，您能马上到大堂去吗？法事的准备先暂停吧。虽说对大哥有些不敬，但现在确实不是办七七法事的时候。"

"嗯，我明白了，马上就来。"关上门，我顿时感到全身的力气都被抽干了。没关系，演得不错，直之应该一点都没有怀疑——我暗暗对自己说。稍稍补妆后，我来到大堂。一原家的人都到齐了，店长小林真穗也在。不在场的只有一原纪代美。我走到离我最近的一桌，但并没有人注意到我。每个人似乎都陷入了深深的悲痛中，就连一贯开朗的加奈江也缩在角落低声啜泣，健彦则双手抱着头。

"是啊，出大事了，所以法事先不办了。我们也不知道什么时候能回去……嗯，对，警察还没到，应该马上就会来……好的，我会小心。"只有曜子打公用电话的声音在大堂中回响，显得非常不合时宜。对方大概是她的丈夫，本打算今天来，但曜子刚刚通知他不用过来了。

"请问，由香小姐她……"我怕影响到其他人，低声向直之问道。

"听说是腹部被刀刺中，身上其他地方没有血迹，估计是睡着的时候遭受袭击的。"

"啊……"我眉头紧皱，做出一副震惊得说不出话的样子。

"听说由香的房间有一扇玻璃拉门没有上锁，屋里一片狼藉，看来应该是潜进来的歹徒所为。"

过了一会儿，苍介来了。他也穿着丧服，身后跟着一个瘦削的中年巡查①。

"刑警很快就会过来，请大家在这里等一下。"苍介一脸倦容，说道。

"所有人都到齐了吗？"巡查环顾着四周，询问苍介。

"没有，由香的母亲在自己的房间里。她受到的刺激太大了，需要休息。"

"这样啊，可以理解。"巡查点了点头，接着对在场的人说，"请不要离开这里。如果必须要离开，请先通知我，去洗手间可以随意。"

像是被他的话提醒了，曜子和加奈江起身向洗手间走去。而其他人则似乎没听到一样。

很快，县警本部派来的大批侦查员到了。身着制服的警察和便衣刑警在我面前进进出出，看似无序，但一举一动肯定遵循着一定的步骤。

一个身穿制服的年轻警察走过来，表示需要采集所有人的指纹。闻言，大家都显出一副紧张的神情。直之安抚道："这是

————————————

① 日本警察的警衔由上向下分为警视总监、警视监、警视长、警视正、警视、警部、警部补、巡查部长、巡查。

排除法。从在由香的房间里发现的指纹中，排除有关人员的指纹后，剩下的就是凶手的指纹了。"

这句话似乎起了作用，大家都松了口气。

现场的负责人是一个姓矢崎的警部。他看上去不到五十岁，身形修长，戴着一副金边眼镜，给人一种颇有绅士风度的印象，镜片后的目光却锐利得惊人。与其说充满威慑力，不如说他目光中带着学者面对实验品时的冷静与透彻。这是个难缠的对手——我感到不安。

"昨天夜里有人听到什么动静吗？比如说话声。"矢崎对所有人问道。见没人回答，他便换了一种问法："那么，昨天夜里有人醒过吗？几点都行。"

还是没人回应。

我瞥了直之一眼。奇怪，昨天夜里我确实听到他的房间传出了声响。

这时，直之问道："案发时间大概是几点？"

"具体还要看解剖结果，估计是在夜里一点到三点之间。"可能这在调查过程中不算什么机密，矢崎答得十分干脆。

"这段时间，我睡得很熟。"曜子自言自语似的说。

"我也是。"加奈江附和道。

"当然，这个时间一般人都在休息。"矢崎点了点头，看向小林，问道，"最近附近有没有发现过可疑人物，或是听说此类传闻？"

小林迟疑了一下，先说了一句："说不上可疑。"又答道，"有时会有外面的人把车停在路边，然后不停往庭院里看。我们这家旅馆的建筑风格非常特别，杂志上也介绍过，或许他们是觉得可以当作谈资才故意过来看的吧。"

"近两三天也有这种情况吗？"

"也许有，我没注意。"

"这些人有没有给你们造成困扰？"

"怎么说呢，这种行为本身就让我们感到困扰。但我想并没有危及客人。"

"对了，昨天晚上住在这里的好像只有被害人的亲属吧？其他客人呢？"

"啊，这——"苍介过来替小林解释旅馆目前处于歇业状态。

矢崎见没有旅馆的其他工作人员，便点头表示了解。

"啊，对了，"小林再次开口，"昨天白天，有人突然要入住，应该是不知道我们歇业了。我做出解释后，对方就离开了。"

"请详细说一下这个人的情况。"

矢崎让一个年轻刑警仔细记录小林的证词。小林说她没有问那个人的姓名，但记得其体貌特征。

"昨天各位是一起到达这里的吗？"听了小林提供的信息，矢崎问道。

"除了本间夫人，其他人都是一起来的。"苍介答道，"我们集合后分乘三辆车，几乎同时到了这里。"

"由香小姐和谁坐同一辆车？"

"我和加奈江。"健彦说。

矢崎转头看向健彦。"一路上有什么不对劲的地方吗？比如遇到了谁，或她有什么奇怪的举动。"

"没有，我没发现。"健彦说完，脸色阴沉地看向加奈江。

加奈江摇了摇头，说："一路上没发生什么奇怪的事。"

"是吗？"

"请问……"曜子小心翼翼地说道，"由香有没有可能是自杀的呢？"

"没有。"矢崎毫不犹豫地给出否定的回答，"凶器是一把刀，刀柄上并没有由香小姐的指纹，而且刀在她死后被拔出来过。另外还有件怪事，由香小姐的脖子有被人掐过的痕迹，是死后留下的。"

我的心脏猛地一跳——我在由香的身上留下了痕迹！

"先用刀刺，然后掐住脖子……凶手为什么要这么做？"直之问。

"不知道。这也正是我想问的问题。"

这个问题除我之外，没人能回答。房间里的气氛异常凝重。恐怕连杀了由香的凶手听到矢崎带来的消息都会感到毛骨悚然。

"昨晚最后一个见到由香小姐的人是谁？"

"是加奈江吧？"苍介说，"你们一直在一起吧？"

"我们从浴池出来之后就各自回房了。"加奈江说。

"你们离开浴池时大约几点？"

"应该是十一点左右。"

"之后还有人和她说过话吗？"矢崎问完，房间里又安静了片刻。

"也许是我。"直之谨慎地说，"大概十一点半的时候，她到我房间来找过我。"

"找你做什么？"

"她让我帮忙开酒瓶。当时，她还拿着一瓶白葡萄酒和开瓶器。"

"白葡萄酒吗……"听到这个令人意外的回答，矢崎露出了困惑的表情。

"对了，说到这个，"小林说，"之前她来过厨房，问有没有葡萄酒。我就给了她一瓶白葡萄酒和酒杯。"

"还有开瓶器吧？"曜子在一旁说道。

小林点了点头。"我问是否需要帮忙开瓶，她说要自己开，便拿着开瓶器走了。"

"但她自己没打开，又去找直之帮忙了。"苍介自言自语般小声说道。

"当时由香小姐有没有什么异样？"矢崎看着直之问道。

"她看上去和平时没什么不同。"

"你们说了些什么？"

"只是闲聊了几句。打开酒瓶后，我倒了一点酒，然后她就走了。"

"我知道了。如果你随后想到了什么，请告诉我。"

这时，又进来一个刑警，交给了矢崎一张照片。矢崎看了一眼就放到了桌上。"这是刺中由香小姐腹部的那把刀，看上去是登山时用的。有人认得这把刀吗？"

大家都凑了过去。这张用一次成像的照相机拍出的照片上，有一把蓝色刀柄的刀子，刀刃上带着已经发乌的血迹。

"有人认得吗？"矢崎又问了一遍。

"我没见过。"直之回答道。

"我们之中没有人爱好登山，但听说大哥以前有一阵子会去。"苍介说。

"当然不可能见过，这不是凶手带来的东西吗？"曜子的语气中似乎带着不满，大概是感到警方在暗示凶手可能就在他们中间。

"凶手不一定一开始就带着凶器。我们也是为了慎重起见才问的。"矢崎好像不愿刺激到这些人，连忙将照片收了起来。

"听说由香的房间非常乱，有东西被盗吗？"苍介问道。

"具体情况还不清楚。我们希望清点被害人的物品时，她母亲能在场，但是以她母亲现在的精神状态来看还做不到。不过就我们目前所查到的来看，并没有找到钱包之类的东西。"

有几个人似乎认为这一情况在意料之中，点了点头。

"那个……"健彦迟疑地开了口。

"有什么事吗？"矢崎看着他问。

"听说由香是腹部被刺而死的，那还有没有其他……呃，我不是指刀伤……"

大家都明白他想问什么。矢崎会意地点了点头。"死者没有被强暴的迹象，至少体内没有类似痕迹。"

不愧是刑警，在亲属面前能说得这样直接明了。健彦听了似乎松了口气，但马上垂下了头，双手捂住脸。他大概是想到人已死，不管是否遭受强暴，已不再重要。

这时，一个身着制服的警察走到矢崎身旁，在他耳边低语着什么。

随后，矢崎转向苍介，说道："来了一位姓古木的先生。"

所有人同时抬起了头。

"他是大哥聘请的法律顾问。"苍介作为代表向警察说明，"请让他进来吧。"

矢崎点了点头，向那个警察使了个眼色。对方走出了大堂。

"律师来参加家庭聚会，这又是怎么回事？"矢崎面色阴沉，似乎在责怪大家对警方隐瞒了重要的情况。苍介惶恐地解释了要公开遗嘱的事。闻言，矢崎的目光顿时变了。也许是多年的办案经验使他察觉到这一情况和案件必然有所关联。

刚才那个穿着制服的警察带着两个人走了进来。走在前面的瘦骨嶙峋的老人就是古木律师。我不禁挺直了身子。

"苍介先生，这到底是怎么……"年迈的律师四下张望着，走到了苍介旁边。

"我也不知道。"苍介有气无力地说，"怎么也没想到由香出了这样的事……"

"古木先生，劳烦您专程过来，真是不好意思。看来今天没办法公开遗嘱了。"直之略带歉意地说。

"是啊。"

"您是古木先生吧……"一旁的矢崎忽然问道，"我可以请教几个问题吗？啊，你是……"他看着站在古木律师身后的人。

"我叫鯵泽弘美，是古木先生的助理。"对方口齿清晰地答道。他俊美的容貌和年轻的肌肤令一旁的加奈江不禁低声赞叹："这个人长得真漂亮！"

"原来是这样。那你们二位一起来吧，这边请。"矢崎引领古木律师和鯵泽弘美向餐厅走去。

他们一走，大堂随即陷入了比刚才更加压抑的沉默。古木律师二人被单独带走，令大家的心情越发沉重。在公开遗嘱的前一晚，有关人员被杀——矢崎可不是那么迟钝的人，一定会断定这并非偶然。

似乎是难以忍受这样的沉默，小林起身说道："对了，各位的早餐……"这种时候她依然惦记着客人的餐食，但没有人做出回应，这让她显得有些可怜。

片刻后，直之说："我就不用了。一会儿也许需要喝点东西，但现在什么都吃不下。"

"我也不吃了。"苍介说。

其他人依旧一言不发。小林见状，只好重新坐下。

我偷偷地观察着每一个人。

到底会是谁？

我逐一思索他们杀害由香的可能性。一原纪代美是由香的亲生母亲，应该可以排除嫌疑。一直钟情于由香的健彦似乎也可以排除，但不知道他们之间发生过什么。苍介和曜子呢？他们是亲戚，但关系并不好，有时甚至可以说是冷淡，也许都有杀人动机。直之也一样。加奈江呢？她看似是一个举止轻率又单纯的女孩，但实际上也许很有心机。小林呢？她会不会忌妒只凭血缘关系就能得到大笔遗产的由香？可是能分得遗产的人并非只有由香。

最重要的是，由香偷走了那封遗书。这和杀人案一定有关。这件案子并不是简单的入室抢劫杀人案。

就目前来看，杀死由香的凶手也想拿到遗书，但因目击由香抢先偷走信封的一幕，于是匆忙之下杀死由香，夺走了信封。

依我推测，这个凶手就是企图烧死我和里中二郎的人。如果真是如此，我必须在警方查明真相之前找到这个人，才能复仇。而这个人，必定就在我面前这些人之中。

十五

　　古木律师二人接受警方问话的时间似乎格外漫长。矢崎都问了些什么，又是如何与今天的案子联系在一起的？压抑的氛围中，沉默依然在持续，令人几乎窒息。不时有侦查员来回走动，却始终一言不发。

　　我暗自思索着由香留下的那个符号 И。这是个俄语字母，但由香应该不会将它当作俄语来使用。

　　想得简单些，她是不是把 N 写错了？如果是 N，那就意味着"NAOYUKI"，即"直之"。可就算是在临死前，应该也不会把字母写反吧？更让我在意的是，昨天夜里直之的房门被打开过，而他隐瞒了这一点，难道有什么秘密？

　　再想想，那个符号或许还有其他含义。横过来看呢？也不是 Z，因为是反着的；数字 2 也不对。

如果看成 S 还算合理，因为这样就代表"SOSUKE"，即"苍介"。

还有其他解读吗？也许是罗马数字Ⅵ，即 6。可为什么要写罗马数字呢？

我正思忖着，回廊上突然传来野兽般的哭号声。我循声望去，只见纪代美疯了似的闯进了大堂。她眼睛周围的妆容已经被泪水冲刷得七零八落，头发像被狂风吹过似的凌乱不堪。

大家都不知道该对她说什么。她在众目睽睽之下直奔曜子。"还我女儿！"她痛哭着大喊，"把由香还给我！是你下的手吧？我都知道！"

"你说什么?!"曜子眉头紧皱，"你凭什么说是我干的？"

"你别装傻了！我知道你恨由香能分到遗产，所以就干脆把她杀了！"

"你在胡说什么！纪代美！"曜子厉声喝道，猛地从椅子上站了起来。

直之赶紧上前拦住了曜子。"姐，你冷静点！"

"让开！她这么说我，我冷静得了吗？"

"由香走了，她受到的打击太大，都不知道自己在说什么。"

"我知道！"纪代美声音嘶哑地喊道，"就是她杀的，为了钱！她家的地产公司负债累累，为了多分得遗产，就对由香……"

"住口！"苍介从后面按住了纪代美，但她依然挣扎不休。这时，加奈江猛地站起身走过去，当即扇了她一记耳光。

"你干什么！"纪代美更加怒火中烧。

双方正闹得不可开交，矢崎和他的下属终于过来了。

"你们在干什么?!都住手！"矢崎吼道。刑警把情绪激动的纪代美带去了其他房间。纪代美离开后，曜子渐渐恢复了平静，坐回椅子上，只是脸颊还泛着红。

"这到底是怎么了？"矢崎问苍介。

苍介犹豫了片刻，不情不愿地说明了刚才那一幕。

大概是因为已经听古木律师讲过遗产继承的事，矢崎并未露出惊讶的表情。"原来如此。真是遗产越多，纠纷就越大啊。"

"呃，倒还说不上是纠纷……"苍介吞吞吐吐地说。

"才不是纠纷，而是那个人忽然发疯了。"曜子似乎没有完全冷静下来，声音还带有一丝颤抖，"我怎么可能做出那种事！"

矢崎做了个安抚的手势。"好了，好了。现在需要各位配合一下。"他说，"我们要逐一进行问话。"

"什么？"大家不约而同地发出了不满的声音。

矢崎置若罔闻："可能会对某些问题刨根问底，但为了破案，还请各位务必合作。另外，这个过程会花费相当长的时间。请问是否有人有十万火急的事必须要先离开旅馆？"矢崎环视着众人，见没有人举手，继续说道，"没有，对吧？好，那我们就开始。已经接受过问话的，请不要回房，在大堂里稍作等候。如果有事必须要回房，请告诉这里的任意一个侦查员。"

"等一下！请问这到底是什么意思？"直之看上去忍无可

忍，"如果有要问的，像刚才那样在这儿问不就行了？这样会减少很多误解，还能节省时间。"

"你说得有道理。不过，也许有些话在众人面前不方便说。"

"但是……"

"直之先生，"矢崎说道，"案子上的事，还请听从我们的安排。麻烦你了。"他言辞温和，语气中却带着不容分说的强硬，也可以说是压迫感。直之不再坚持。矢崎之所以决定进行单独问话，肯定和古木律师提供的信息以及刚才那场闹剧有关。也许他心里已经开始描绘起一幅与巨额遗产继承有关的内部人员犯罪关系图。

"古木先生，刚才警察问了你们什么问题？"见律师他们已经回来，等待警察问话的苍介问道。

"先是问我们从昨晚到今早的行踪，应该是为了确认不在场证明吧。"古木律师眯着眼，一副对情况了如指掌的表情，看样子似乎知道现在所有人都要被当作犯罪嫌疑人，"幸好我们有不在场证明。昨天我们在事务所工作到很晚，有其他同事能证明我们不可能在半夜到这里来。"看来，古木律师和鲹泽弘美不是杀害由香的凶手。

"还问了些什么？"苍介好像并不想听这些理所当然的事，催促般问道。

"主要是关于继承的事。"古木律师说，"遗嘱的内容我自然无从得知。他们便问如果按一般情况分配，每个人的份额应该是多少。"

"那您是怎么回答的？"

"如果单按法律规定分配，由香小姐和苍介先生各占三分之一，曜子女士和直之先生各占六分之一。"

"由香小姐的父亲、苍介先生与已故的高显先生是亲兄弟，而曜子女士和直之先生是异母所出，所以继承的份额减半。"一旁的鲹泽弘美补充道。曜子和直之大概已经事先了解过，面色十分平静。加奈江却插嘴道："咦，由香是继承人？原来不是纪代美舅妈啊。"

"由香小姐的父亲已经去世，所以按代位继承原则，遗产将由由香小姐来继承，并非配偶。"弘美回答得十分流利。

"就是说，现在由香不在了，舅妈也不能继承遗产？"

"如果按法定继承来看，确实如此。这样一来，苍介先生将继承二分之一，曜子女士和直之先生将各得到四分之一。"

"这样啊！"加奈江惊讶地张大了嘴巴，黑色的眼珠骨碌碌地转着，好像在偷窥其他人的表情。

"警部先生问这种问题，是不是在怀疑我们？"曜子的不悦溢于言表，"他肯定在想由香死后谁能获益，不用说，自然是我们这些亲属。"

"怎么可能！"直之说道，"谁会为了遗产份额上的一点差别就去杀人？警察也应该明白吧？"

"这谁知道。毕竟这份遗产的数额太庞大了。"苍介满面愁容地说道。虽然因为由香的死，他的法定继承比例由三分之一升至一半。

烦闷的氛围笼罩在所有人的心头。

不久，警方开始按顺序传唤。临时问话室设在旅馆的办公室。第一个是苍介，然后是曜子。看来纪代美的状态还没有稳定下来，暂时无法接受问话。

如矢崎一开始所说，讯问花费了很长时间。苍介和曜子都被问话近三十分钟。

"下一个是你。"曜子回来后对直之说。直之无奈地站起身，从兜里掏出手帕，一条黑色的领带随之掉了出来。

"你的东西掉了。"我捡起领带，恰好瞥见上面别着一枚镶嵌着珍珠的领带夹。领带夹看起来很新，铂金的底座上看不出丝毫磨损的痕迹。

"咦？你不是不爱用领带夹吗？"曜子眼尖，立刻问道。

直之把领带塞回兜里。"别人送的。"他说完，走出了大堂。

"妈，警察都问什么了？"加奈江一脸担忧地问曜子。

"没什么特别的，来来回回都是同样的问题，问得人都烦了。"一脸倦容的曜子坐到椅子上，"问由香有什么异常的地方、昨晚都说过什么之类的。对了，还问到本间夫人带来的那封遗书。"曜子看向我。

我心下一惊。

"警部先生连这都知道了？"

"嗯，好像是苍介哥说漏的。拜他所赐，他们连我说的那些不值一提的推测也知道了，看我的眼神都变得奇怪起来。"

我不悦地看着苍介。肯定是矢崎的套话技巧高超，让苍介坦白了一切。我无意间看向旁边，发现古木律师正一筹莫展地吸着烟。他大概做梦也没想到事情会发展成这样。鲹泽弘美坐在他旁边，脸色苍白。

古木律师察觉到了我的目光，把烟头捻灭在烟灰缸里，摇着头说："真糟糕，偏偏在高显先生七七这天发生了这种事。"

"遗嘱还在您那儿吗？"

"当然了。"他拍了拍放在大腿上的黑色皮包。

"还好没有被没收。"

听了我的话，他无声地笑了。"警方似乎很想了解遗嘱的内容，但是我坚决地拒绝了。我不能违背高显先生的遗愿。不过，如果案子拖得太久，那个警部恐怕很难应付，也许他会采取强制措施。"说完，古木律师像是被痰卡住了，咳了一声，"对了，刚才还听加奈江小姐提到桐生小姐的遗书一事，真是出人意料，我还是第一次听说。"

"看来，我带来了一个麻烦。"

"不，您无须介意。毕竟……"说着，他盯着我的脸打量起来。直觉告诉我情况不妙，我赶紧垂下了眼帘。果然，只听他忽然说道："我和您应该是初次见面，但不知为何，我总有一种熟悉的感觉。不好意思，请问我们之前是不是在哪儿见过？"

"我参加了高显先生的葬礼。"

"是吗？大概是那次有过一面之缘。"他目光茫然地看着我，苦笑了一下，"现在我的记性真差，到底是上年纪了。"

"彼此彼此。"我连忙附和道，表情微微放松下来，无意间和对面的鲹泽弘美四目相对，不由一惊。虽然他装作不经意的样子，但我知道他在观察我。古木律师刚才的话也让我警觉起来。我决定若非必要，还是离这两个人远一些。

问话还在有条不紊地进行。直之结束后是健彦，随后是加奈江。加奈江回来时一脸不高兴，看着我说："下一个是您。"

十六

我走进办公室，看到矢崎坐在椅子上，双臂环抱，闭着眼睛。旁边的年轻刑警应该是负责做笔录的。他示意我坐下，矢崎这时也睁开了眼。

"不好意思，让您受累了。"矢崎先向我致歉，"我尽量早点结束。现在请允许我冒昧地提几个问题。"他彬彬有礼的样子让人颇有好感，大概是真把我当作长辈了。

我首先报出了姓名和住址，接着解释了来回廊亭的原因，也提及了一原高显和本间重太郎的关系。矢崎已经知道高显先生留下了遗嘱，因此对这些并未仔细盘问。

"您和一原由香小姐是第一次见面吗？"

"是的，昨天晚上他们介绍给我认识的。"

"您不是参加了高显先生的葬礼吗？"

"没错，但当时出席者众多，没有时间和亲属一一寒暄。"

"原来如此。"矢崎点了点头，但从他的眼神中可以看出，他似乎并未立刻相信我这个老太太。毕竟，我，即本间菊代和由香是否是初次见面，只有我和她两个人知道。

接着，矢崎问我昨晚其他人的情况，尤其是由香有什么异状。"请您坦率地讲一讲您的看法。"他微笑着说，"您和一原家没有直接关系，所以我觉得您的意见应该比较客观。"

我微微弓着背，歪着头说："嗯……怎么说呢……我不记得有什么异常的地方。"

"微不足道的细节也可以。"矢崎目光锐利地盯着我，好像只要我稍有不自然的反应，他就会立刻抓住。

我微微一笑，摇了摇头。"一时间我也想不起什么。"

"那如果您想到了请立刻告诉我。对了，您和由香小姐说过话吗？"

"说过几句。"

"都是些什么内容？"

"大多是闲聊，我记不太清了。"我瞥了矢崎一眼。他想听我说的话，其实我心知肚明。多说无益，可过于遮遮掩掩会引起他的猜疑，于是我决定把和由香谈起殉情案一事和盘托出。

"那场火灾我略有耳闻。你们当时是怎么说起这件事的？"矢崎明知故问，我只好提到了遗书。他果然知情，并未露出惊讶的神色，只称自己是初次听说。

"你们从遗书说到殉情可能是有人伪造的？"

"是的，我没想到话题会转到这上面。"

"嗯。对了，您现在带着那封遗书吗？"

"我放在房间里了，要不我去拿来吧？"

"那太好了，谢谢。高野，"矢崎对旁边的年轻刑警说，"你和本间夫人走一趟，把那封遗书拿过来。"

高野爽快地应答后，站了起来。

我们沿着长长的回廊向伊之壹走去。矢崎之所以让高野同我一起去取，可能是怕我将那封遗书藏起来。他应该很重视遗书和这件案子之间的关联。

走到房门前，高野向我伸出右手，看样子是在问我要钥匙。我沉默着把钥匙递给了他，他有些紧张地将钥匙插进了锁孔。

我走进房间，他也立刻跟了进来。这样正好，他可以证明我没有动手脚。

"那封遗书在哪儿？"高野站在门口问。

"嗯……应该就放在这里啊……"我先看了看桌上，确认没有之后，便坐下来摆出一副冥思苦想的样子。

"怎么了？"高野的声音中透出一丝焦躁，他一定在想老年人真是麻烦。

我故意动作迟缓地在皮包里来回翻找。"奇怪。"

"没有吗？"他探身朝包里看了看。他应该发现了包里的摄像机，但并未在意，大概是因为最近很多人旅游时都会携带。

即使他看到磁带也没关系，昨天我回房间后，已经把里面的内容消除了。

"这儿也没有。咦？到底去哪儿了？"我再次坐下，假装在思索。高野则查看了洗脸台和废纸篓。"啊，"我见时机差不多了，便说道，"我记得昨晚入睡前我放在枕边了。"

"枕边？"高野立刻打开放被褥的壁橱。

我摇了摇头。"不见了，否则我叠被子的时候应该就能看到。"

"不好意思。"高野拿起电话听筒，按下"0"，矢崎立刻接起电话。高野向他汇报情况，声音有些激动。

挂断电话后，高野看着我说："警部马上过来，请您稍等。"

"好的。可是那封遗书……到底去哪儿了？"

高野别过头，一副一无所知的样子。如果刑警都像他这样，那事情就好办多了。

不一会儿，外面传来一阵急促的脚步声，接着，门被直接推开。矢崎一边戴白手套一边走进来。

"刚才没有动过任何东西吧？"他问高野。

"基本没有，只有本间夫人翻找过她的皮包。"

"好的。"矢崎环视了一下室内，然后走到我面前，"听说遗书不见了。"

"非常抱歉。"

矢崎摆了摆手。"这不是您的责任。您再看看有没有揣在怀里，人都有大意的时候。"

"啊，好的。"我又在身上摸了摸，心想，还是这个警部遇事冷静。

"没有吗？"

"是的……"

不会要求搜身吧？我心里忐忑不安。如果派来一个女警察，哪怕只是让我脱去外衣，我也会立刻露馅。

矢崎并没有提出这样的强制要求，只是问道："您确定昨晚睡前放在枕边吗？"

"是的。"我回答，"我怕早上忘了拿，特意放在那儿的。"

"结果现在就不见了。"矢崎摸着下巴上的胡茬，"您大概是几点睡下的？"

"我记得是过了十一点。"

"您半夜醒过吗？"

"没有，我一觉睡到天亮。"

"那您早上几点醒的？"

连珠炮似的提问方式也许是这个刑警的风格。我深吸了一口气，答道："大约六点。"其实我一夜都没睡。

"早上起来后，您有没有感觉到房间里有什么奇怪之处？比如东西摆放的位置改变了。"

"嗯……我没注意。"我摇了摇头。

"刚才你们过来时，门是锁着的吗？"矢崎向高野问道。对方给出肯定的回答后，他又转向我。"那昨天晚上呢？门也上锁了吗？"

"呃……好像锁了……但也可能忘了锁。"我歪着头想了一会儿，最后遗憾地说，"抱歉，我想不起来了。"

矢崎无奈地点了点头，又对另一个刑警耳语着什么，我只听见了"万能钥匙"这个词。那个刑警简短地应了一声，便出了房门。

"本间夫人，"矢崎郑重地对我说，"现在我们要立刻对这个房间进行搜查，可以吗？"

"好的。我需要留在这儿吗？"

"请您先到大堂等候，我还有两三个问题要问您。高野，陪本间夫人去大堂。"

我跟在年轻刑警身后回到了大堂。所有人还像刚才一样坐在位子上，只有纪代美不在。

"发生了什么事吗？"我一坐下，直之就问道。高野则自顾自地回去了。我想，刑警并没有要求我保密，而且大家迟早都会知道，于是我便说出了遗书丢失一事。话音刚落，不只是直之，所有人都看向了我。

"是被偷了吗？"曜子问。

"不知道，也许是。现在刑警正在房间里搜查。"

"会是谁偷的？"苍介自言自语般说道。

"难道杀害由香的歹徒潜进了本间夫人的房间？"加奈江一脸惊恐。

"怎么可能？歹徒偷遗书干什么？"健彦不屑地反问。

加奈江顿时被激怒了。"你是说这和由香的案子无关？有这么巧合的事吗？我看绝对有关系。"

然而没有人附和她。这是自然，如果有人必须要偷走那封遗书，那个人一定在他们中间。话题无法继续，众人陷入沉默，都不愿轻易出声。

"算了，"苍介最先开口，"至少警方认为这两件事有关联，说不定他们已经开始认真考虑昨晚曜子半开玩笑说的伪造殉情的可能性了。"

"难道我说错了？"曜子立刻瞪大双眼。

"我不是这个意思。不过，既然桐生小姐的遗书被盗，警方迟早会怀疑。"

"你是说警方会怀疑伪造殉情并企图杀害桐生小姐和她男友的凶手，和杀死由香的是同一个人？"

直之摇了摇头。"这两件案子根本没有共同点吧？除了案发地点都在这家旅馆。"

"不，作案动机是一致的。"曜子十分肯定地说道。

"动机？是吗？"

"没错，争夺遗产的动机。刚才古木律师说过，由香死后，其他人的遗产份额增加了。而关于桐生小姐，你不是说，大哥生前曾考虑和她结婚吗？如果真的成婚，大半遗产将会归她所有。凶手唯恐这种情况发生，才计划殉情案，谋杀了他们。"

听曜子的语气，与其说是在猜测警方的推断，不如说这是她自己的真实想法。

"如果动机真是如此，那凶手就在我们中间。"

苍介的脸色有些难看，他向众人问道："是谁和警方提到大哥考虑过和桐生小姐结婚的？"

加奈江举起了手。"是我说的。不能说吗？"

"没关系。"直之神色颓唐，"反正他们早晚会知道。"

"我不管警方怎么认为，谁会因为这种事而真的去杀人？"苍介发泄般说道，"先不说由香的案子，就说桐生小姐，就算大哥向她求婚，她也不一定答应，她不是有男友吗？"

"这不是案发后才知道的吗？凶手事先并不知情，而且，再往深处想一想，"曜子压低声音，"谁知道那个里中是不是桐生小姐的男友？如果说是自杀，我倒觉得有些可疑，说不定是凶手设法从什么地方找来冒充的。我大胆地猜测一下，也许凶手有非杀这个男人不可的理由。"

最后这句话让我心下一惊。

"你的思维也太跳跃了。如果真是这样，桐生小姐肯定会说根本不认识那个男人。"直之反驳道。

"这些或许都写在遗书里了。还有一件事令人费解：那个姓里中的男人很年轻，照片相当英俊，而桐生小姐……这样说可能有些失礼，但她缺乏女性魅力，年龄上也和里中差了不少。这两个人会发展成恋人关系，我总感觉不太可能。"

曜子的嘴巴在我眼前不停地一张一合，如同一只在蠕动的红色生物。相比于受到异性的鄙视，自己的容貌遭到同性的贬低是另一种令人难堪的感觉。

直之叹了口气，说："你希望是内部人作案？"

"不是啊，我只是客观地推理而已。"

"你想得太多了，现在由香的案子才是最重要的。我相信是歹徒所为，和遗书丢失没有关系。"

"我没想怀疑自己人。"

气氛再次紧张起来，二人不再辩驳，其他人则都闭口不言。

我犹豫地说道："如果我昨天干脆把信打开，也许就不会发生这样的事了……"

"您不必放在心上。"直之连忙说，"您只是做了该做的事。"

"嗯，可是……"我看着在场的人，但每个人都低下头避开了我的视线，第一次对我这个外人明显地表现出冷淡。

他们沉浸在各自的思绪里。我则回味着曜子刚才的话——如果殉情案是个阴谋，那么凶手不仅有杀我的理由，也有杀里中二郎的理由。

没错。凶手的目的不光是杀了我，也必须除掉里中二郎。

原因是即使我成为高显先生的妻子，也只能得到遗产的四分之三，而如果二郎还活着，他将能得到全部遗产。

里中二郎是一原高显的亲生骨肉。

十七

　　高显先生第一次提到遗嘱的两个月后，他把我叫到医院，交给我一项令我意外的工作——帮他找到他的孩子。

　　我一时无法理解他的意思，还以为他在开玩笑。

　　"抱歉，我没有开玩笑，而是认真的。"高显先生有些难为情地咬着下唇。他很少会有这样的表情，这反倒让我感到困惑。

　　"那是您和已故夫人的——"

　　不等我说完，他就摇起头来。"当然不是。二十多年前，我太太还在，当时我和一个女人保持过一段关系，她为我生下了一个孩子。"

　　据高显先生说，那个女人名叫克子，是某剧团的舞台剧演员。那时他爱好看戏，常去剧场，二人因此结识。

　　后来断了关系，是因为克子要结婚了。向她求婚的是当时一个小有名气的乐队成员，靠在各地巡回演出谋生。克子那时非常迷茫，她的演艺生涯毫无起色，一直和高显先生保持情人关系也并不合适，于是她决定和那个男人一起离开。高显先生最后一次见到她时，想给她一笔钱，可她没有收。

"她说我们之间并非包养，因此不需要分手费，还说分手是她提出的，要给钱也应该是她给。我只好很没面子地把递过去的钱收了回来。没想到她是一个不慕名利的女人。"高显先生似乎想起了当时的情景，难为情地眯着眼睛。

此后，他再也没有见过克子。她丈夫的乐队也渐渐销声匿迹。

二十年后，他突然收到了一封陌生来信。信的内容令他大吃一惊。信中说克子已经因病去世，遗物中有一封写着"致一原高显先生"的信，请他前去取走。

当时，我已经成为高显先生的秘书，但对这封信并不知情，也不知道他曾为此悄悄外出。

曾经的舞台剧演员在一个附带厨房的简陋单间里离开了人世。寄信人是公寓的女管理员，和克子关系亲近。她默默地将遗体火化，随后在整理遗物时发现了那封信。信封上写着收信人的地址，可以直接寄出，但信封非常厚，似乎其中有什么隐情，于是她决定先写一封信通知收信人。她看到一原这个姓氏感到有些奇怪，却不知道收信人是一家大企业的创始人。

高显先生回家后拆开信封，里面有二十多张信纸，密密麻麻地记录着克子与高显先生分别后的生活。这些内容对高显先生的冲击非常大，尤其是关于孩子的部分。

和乐队成员结婚后，克子很快便怀孕了。她一直相信这是她与丈夫的孩子。信中没有提到她为什么会产生这种自信，也许是太害怕孩子并非丈夫亲生而是高显先生的骨肉，她必须将这份担忧深埋心底。

几个月后，克子临产时，发生了一件始料未及的事——丈夫和另一个女人私奔了。克子这时才知道丈夫的乐队因长时间亏损已经面临解散。他把家里值钱的物品席卷一空，只在信箱里留下了一张填好他个人信息的离婚申请书。可能是因此受到了刺激，克子早产了近二十天，生下一个男婴。周围人都在恭喜她，她却一直郁郁寡欢。她没有告诉别人丈夫已经离家出走，只说他从乐队辞职，现在在外地工作。

很快，克子带着儿子出院了，她却不知道以后的路在哪里，就算是去当铺，都没有可典当的东西。万般无奈之下，她只好去酒吧打工。

大约半年后，她结识了一个经营印刷厂的客人，二人关系渐渐亲密。那个男人知道克子结过婚，但仍希望克子能嫁给他。克子也非常想有一个依靠，想立刻答应。问题是男人不知道她有一个孩子，如果他知道了，很可能会取消婚约。

思来想去，克子决定抛弃孩子。比起母子二人艰难度日，把孩子交给可靠的福利机构反而对孩子更好。她知道这是一厢情愿的借口，但也只能这样说服自己，毕竟她已经身心俱疲。

从家乘坐电车大约一个小时，可以到达当地最有名的孤儿院——现在称为儿童福利院。克子坐头班车来到那里，将还睡得香甜的婴儿放在了福利院门前。她喃喃着"请原谅妈妈"，给婴儿戴上一顶手织的白色小帽子，然后快步走开。她本想躲起来看看孩子是否安全地被人捡走，但最终还是没有停下脚步。她知道一旦站住，也许就再也迈不开步了。

"真奇怪，"高显先生说，"克子完全没想过向我求助，可能她那时认定了孩子是她和前夫的。如果是很有心机的女人，或许就会找上门来，说那是我的孩子，让我负责。克子却没有这种想法。"

可能不只如此，我想。和高显先生在一起的时候，是克子一生的黄金时代，虽然默默无闻，却也带着舞台剧演员特有的光环。她无论如何都不愿以这么落魄的形象出现在高显先生面前吧。

根据信的内容来看，克子再也没有见过那个孩子。她偷偷去过福利院，但无法确定孩子是否顺利地被人捡走并收养。

之后二十年间的事，克子没有详细写明。她和那个经营印刷厂的男人离了婚，独自过着贫寒的日子。

一次偶然的机会，她遇见了二十年前和她分手的乐队成员，对方已经成了长途车司机。克子忍不住上前怒骂。对方也毫不示弱，说克子怀着其他男人的孩子，居然还若无其事地和他一起生活。克子自然不承认，他却告诉克子，他当年并不知情，后来才在医院得知自己不育，所以那个孩子不可能是他的。

对方不像是在说谎，而且，当时对方有妻子，但确实没有孩子。直到这时，克子才知道孩子的亲生父亲是谁。

她又一次后悔遗弃了那个孩子。如果当时她知情，并找到高显先生，至少孩子还可以过得幸福。

悔意促使她写下了这篇手记。她原本准备寄给高显先生，因此更像是一封长长的信。在信的结尾，她为遗弃了他们的孩子向高显先生道歉。

"最后克子没有寄出这封信。也许她觉得事已至此，就算我知道了也于事无补，更不愿意给我添麻烦。"高显先生露出苦涩的表情。

"或者，"我说道，"她想在有生之年都保守这个秘密。"

高显先生似乎没有想到这个可能，像是突然被触到了痛处。他微微点了点头。"这也许是最有可能的。她就是这样一个人。"

"真是可怜的女人。"

"嗯。"

"所以，"我直视着高显先生，"您想让我去找那个孩子吧？"

"是的。坦白地说，我之前无数次想去寻找。一想到这个世界上有一个和我血脉相连的人，我的心就难以平静，希望能以某种形式帮助他，但最终我还是忍住了。不管出于什么理由，这都是我一厢情愿的行为。不可否认的是，见到那个孩子并向他道歉，促使我这样做的理由无非是心底的欲望，我想要尝到作为父亲的喜悦。如果我真的打算忏悔，就应该放弃这种幸福。"

我想，这真是高显先生独有的克己性格。"您也可以匿名接近他，暗中帮助。"

"就像'长腿叔叔'那样，是吧？那样做也没什么不同，都是通过帮助孩子来享受满足感，而且背地里还打着如意算盘，觉得早晚会父子相认。"

"如果真找到了您的孩子，您接下来打算怎么做？"我问道。

"什么都不做。"他干脆地答道。

"哎？"

"我说，什么都不做。我只打算留下一份遗嘱，承认他是我的孩子。我有一些还算值得为人称道的财产，以后法律自然会做出妥善的安排。"依据法律，私生子只要得到承认，在遗产继承方面可以和婚生子享受同等待遇。简而言之，高显先生没有妻子和儿女，其遗产将全部由那个孩子继承。

"这样一来，他要在很久以后才能知道自己的亲生父亲是谁吧。"

高显先生摆了摆手，好像并不需要我对此担心。"我知道自己的日子不多了，所以才会和你说这些话。要是每次谈到我快要死的事时，你都这么难以释怀，那我们就谈不下去了。"

"可是……"我欲言又止，心里却很理解他，我知道他非常厌恶在场面话或形式主义的事情上浪费时间。

"有个问题，那孩子现在已经成年了吧？"

"应该快二十三了。我明白你要说什么。要承认已成年的私生子，需要本人答应，是吧？"

"没错。"

"这一点我也会在遗嘱中注明，不过……那孩子会不会不认我这个父亲呢？"

"这……我想他应该不会拒绝。"

高显先生似乎察觉到我的言外之意。"哪怕是为了遗产而来，也无所谓。如果……如果他真的不愿和我相认，那也没办法，我并没有抱怨的权利，毕竟到那时我已经不在这个世界上了。"他开了一句玩笑，却给人一种落寞的感觉。随后他认真地看向我说："帮我找到他，好吗？"

"我试试看，虽然很难。"

"那就拜托你了。我说过很多次了，我的时间真的不多了。"

"我尽力，但我也有一个请求。"

"什么请求？"

"请您尽量多留给我一点时间，越多越好。"

高显先生眨了眨眼睛，说："我会尽力。"

现在唯一的线索是孤儿院。克子在信中并没有提到孤儿院的名字，但可以查到她当时的住处。孤儿院则在乘坐电车一小时左右即可到达的地方。这段距离不算近。我筛选出有可能的机构，决定逐一调查。把婴儿遗弃在孤儿院门前的事并不少，和克子的记述吻合的情况就有多例。经过仔细的分析和排除后，很快只剩下四人。

幸运的是，我查到了他们各自的住处。我给每人写了一封信，信中说受人所托，寻找二十多年前被遗弃的孩子，后经调查，发现他就是我要找的人，希望务必见上一面。

我已得知其中二人的电话号码，便先联系他们，约定面谈。因为可能会有人为了家产而声称是他的孩子，面谈时，我并未提及高显先生的名字。只要仔细查证，这种谎言自然会被拆穿，但我现在没精力把时间浪费在这种无聊的事情上。

那两个人都无法证明自己是克子的儿子，否定性的证据反而更多。虽然他们极力想找到父母，我也只能客观判断。

另外二人的电话我都没有，便打算直接上门。我不禁祈祷，希望其中一人就是高显先生的孩子，否则调查将走进死胡同。

其中一人给我写了一封回信，我预感情况不妙。不出所料，信的内容令我大失所望。对方称已经找到父母，没有必要再和我见面了。

现在，只剩下一个人了。他就是里中二郎。

我只能将希望寄托于他。正准备和他取得联系时，对方主动打来了电话。不祥的预感再次袭来，但这一次，预感没有变成现实。他说怀疑我的信也许只是恶作剧，所以打电话来问一问。我以前从未想过，居然还会有人这么认为！

就这样，我和他见了面。他五官端正，风度翩翩，乍一看，完全看不出他经历过辛劳又贫寒的生活，只是偶尔会流露出愤世嫉俗的神情。

我第一次看见他就预感到了危险，因为我感到内心受到了深深的触动。

我预感到自己也许会爱上这个年轻男人。

十八

　　快到中午时，我们终于重获自由。除了我和由香的房间，旅馆的其他地方可以随意出入，但离开前必须要和旁边的警察打招呼。

　　大家并没有什么地方可去，还是留在了大堂。所有人都在留意着警方的一举一动，刑警忙碌的身影使每一个人心神不宁。

　　这时，一股醇香扑鼻而来。我抬起头，看见小林为我们端来了咖啡。她真是什么时候都不会忘记自己作为店长的义务，我们向她道谢后，各自端过杯子。托盘上还有小蛋糕和曲奇，这种小点心倒是可以吃一点，只见加奈江等人开始津津有味地品尝起来。

　　"桐生小姐的遗书丢失一事先暂且不谈，如果由香是被潜入的歹徒所害，那歹徒为什么要选她住的那个房间？"苍介将杯子端至嘴边，小声说道。

"也许是偶然吧。"直之答道，"歹徒潜入后，会先寻找玻璃拉门没有锁上的房间，而她的房间就成了目标。"

"由香怎么会没锁玻璃拉门啊……"似乎是想到了表姐的死，还拿着蛋糕的加奈江眼眶又湿润起来。

"可是，"曜子不解地说道，"如果是这样，歹徒为什么要杀掉由香？警察说现场没有施暴的痕迹，如果只是要偷什么东西，没必要杀人啊。"

"也许是由香被惊醒了，对方怕她的叫喊声引来其他人，就用刀杀害了她。只能说凶手是个脑子不正常的家伙。"健彦说道。他不知何时拿来一瓶白兰地，正往酒杯里倒着酒。

"喂！大白天的你喝什么酒！"苍介呵斥道。

健彦却并未理会，将杯子里的酒一饮而尽。

"这有什么关系？我现在都想喝一杯了。真穗，请给我一个酒杯。"曜子说。

"我也要。"加奈江也跟着说道。

苍介的表情看起来极为不快。

随后，小林拿来了酒杯。曜子将白兰地倒入杯中，喝之前，她歪着头说："如果由香是因为被惊醒才遭到杀害，这有些说不通。"

"为什么？"

"如果是那样，她难道没有叫喊吗？就算已经来不及了，也应该会留下挣扎的痕迹，但警方并没有提到这一点。"

"突然遇袭，是无法迅速抵抗的吧？"直之说，"尤其是在对方是男人的情况下。"

"对了，不是说脖子上有被掐过的痕迹吗？"苍介想起了矢崎的话，"凶手先掐住她的脖子，使她失去意识，然后再用刀将她刺死。"

"警部说那个痕迹是在由香断气后留下的。"

听到曜子的话，苍介一时语塞。他清了清嗓子，说："看来凶手是个变态，入室抢劫的歹徒一般不会这么做。"

变态凶手——这真是一个不错的假设。即使只有一点异常之处，用这个词也能解释。在场的几人都点头表示赞同。

"妈，我想先去收拾东西。"加奈江打破了沉默，"还不知道要在这里待多久，我想做好回家的准备，随时可以离开。在这儿我总觉得有些不舒服。"

"是啊，那我们走吧。"曜子也同意，便放下还剩有白兰地的酒杯，和加奈江一起走出了大堂。其他人也纷纷准备起身，但又不约而同地停了下来，向周围看了看，露出不安的神色，似乎在担心自己不在的时候别人会怎么说自己。最后大部分人都走了，只有健彦一个人留了下来。

我也决定离开大堂。刑警应该还在我的房间，我可以装作不经意地打听一下他们的搜查结果。

我走在回廊上，望向庭院，看见几个侦查员正在庭院里四处走动。其中一个蹲在池边，我不由得停下了脚步。那里正是我昨夜跃过的地方。

他在干什么？是不是发现了什么？我踮起脚尖。

"您怎么了？"忽然，背后传来一个声音。

我吓了一跳，连忙回过头，只见古木律师和鲹泽弘美正站在我身后。"啊，原来是你们啊。没什么事，我正想刑警们都在做什么呢。"

"如果凶手从外面潜入，一定会经过这个庭院，所以他们应该是在调查凶手留下的痕迹。咦？那个刑警查看的地方有点不寻常，池边有什么东西吗？"古木律师和我有同样的疑问。

"我去问问。"鲹泽弘美立即走进旁边的一间空屋子，拉开玻璃拉门，走进庭院。侦查员上前制止，他却毫不退缩地说了什么。

"这小伙子真有活力，好像什么都不怕。"我看着他的背影说道。

"这孩子是高显先生委托我放在身边照看的。"古木律师的小眼睛眯着，显得更加细长。

"哦，是吗？"我有些惊讶，因为这是我第一次听说。

"现在回想起来，这是他的最后一次嘱托，他说那是他朋友的孩子。小伙子干得不错，就连泡茶、打杂这种最近女孩子不愿意做的差事都做得很好，而且非常好学。"

"加奈江小姐刚才还夸他长得漂亮呢。"

古木律师闻言，微笑着连连点头。"还有这么形容一个男人的？不愧是加奈江小姐。他确实相貌好，又正是适婚年龄，得小心别招惹上什么奇奇怪怪的女人。这孩子倒是很踏实，不让人担心。"

褒奖的话刚刚说完，当事人鲹泽弘美走了回来。"据说发现了疑似脚印的痕迹。"

"脚印？是凶手的？"

"还不清楚。"弘美歪着头说，"刑警说在那种地方留下脚印有些奇怪。"

"是啊。"古木律师将视线投向外面。步行道上铺满了石子，只有树木周围才有泥土。如果只是散步，并不会留下脚印。我感到腋下汗津津的。那个侦查员还坐在池边，也许是在用石膏之类的东西提取脚印。

"昨天早上下雨了吧？"鲹泽弘美突然说道。

"嗯，是啊。"

"那么，脚印是在昨天到今天早上这段时间留下的。如果在此之前，应该已经被雨水冲掉了。"

"没错。"古木律师赞同道。

看着鲹泽弘美那张俊美的脸，我感到胃部一阵针扎般的刺痛。

"如果那是凶手的脚印，凶手果然是从外面潜入的人，脚印的位置说明凶手在外面走动过。"

"这也不一定吧？旅馆里的人也可以穿行庭院。"鲹泽弘美拢了拢头发，干脆地说道。

"这么说也没错，不过脚印为什么会出现在那里？看上去凶手似乎是准备跃过池塘。"

"说不定真的跃了过去。您看，那里最窄，要跃过去也不是不可能。"他的话令我心惊肉跳。

这时，小林沿回廊小跑了过来。"古木律师，您的事务所打来了电话，说让您的助理去接听也可以。"

"那我过去接一下。"鲹泽弘美说完，便和小林一起从回廊离开了。

看着他的背影，我松了口气。

"您这么忙还卷进了这起案件，真是辛苦您了。"

"啊，不，我现在也没什么要紧的工作。目前最重要的工作就是高显先生的财产继承问题。"

"因为涉及金额巨大吧？"

"没错。"年迈的律师点了点头，"因为没有妻子和孩子，事情就更复杂了。"

"孩子"这个词在我心中回响，我想起了里中二郎。"高显先生真的没有孩子吗？比如不是和他夫人生的……"话一出口，我就后悔了，这个问题实在太过无礼。

古木律师果然诧异地皱起了眉，然后笑着说："您说的这种情况是我从未想到的。您有什么依据吗？"

"没有，没有。"我慌忙摆手，"我不过是想到世上不乏这种事，您又对高显先生的情况了如指掌，这才说了荒唐的话，请您别当真。"

古木律师微微苦笑道："要说最了解高显先生的，还是已经过世的桐生枝梨子小姐。您是不是从她那里听说过什么？"

"不，没有。"

"是吗？"

见古木律师陷入沉默，我不禁焦虑起来。他在想什么？他应该知道我——桐生枝梨子寻找过高显先生的孩子。他是不是想起了这件事？

这时，鲹泽弘美回来喊了一声古木律师，好像是让他去接听电话。古木律师向我点了点头后便离开了。我看着他的背影，胃部似乎又痛了起来。我转头望向庭院，心绪飘到另一件事上。有人知道我受托寻找高显先生的孩子，而且这个人一定希望我和那个孩子都死掉。我回忆起了值得我纪念的一天。如果凶手有所图谋，肯定是在我们初次相遇的那一天之后。

十九

　　"请先让我提出条件。"在咖啡馆见面时，二郎神情僵硬地说。

　　"什么条件啊？"为了缓解对方的紧张，我特意用平易近人的语气问道。

　　"请告诉我，你的委托人，那个有可能是我父亲的人是谁？为什么现在来找早已遗弃的孩子？"

　　此前我见过的另外两个年轻人问了同样的问题。这是合情合理的疑问，但现阶段我还不能做出回答。"很遗憾，我需要完全确定你就是他的儿子之后才能回答。如果你不是我要找的人，也不会产生多余的麻烦。"

　　"只让我单方面说我的情况，这不公平。"

　　"是吗？"

　　"是啊。他肯定知道我的名字吧？"

"这一点你不必担心。我的委托人只要最后的结论，不需要我中途汇报。如果你不是他的孩子，他永远不会知道你。"

"可你知道。"

"这也没办法，总得有人在中间联系。"

二郎轻咬着下唇，似乎在考虑什么，目光里充满戒备。如果没有这样的戒心，一个孤零零的孩子或许无法活到现在。

"如果你不能自行得出结论怎么办？那不就只能去和你的委托人商量了？"

"这是自然，但我不必说出里中二郎这个名字。你的住址、联系方式也都不需要，我要的只是物证，能表明你被遗弃时的状况。如果确定你就是那个孩子，我会安排你和我的委托人见面，到了那时再互相说出姓名。这样就公平了吧？"

"前提是你没有说谎。"

"我没有必要说谎，而且你只能选择相信我。"

他依然盯着我，目光锐利。过了一会儿，他微微点了点头。"没办法，我就相信你一次吧。不过，就算我很可能是那人的孩子，我也不一定会和他相见。这要由我来决定，可以吗？"

"好吧。"

就这样，我和他的对谈才正式开始。

据二郎说，他是在二十四年前的十月二十五日被遗弃的。襁褓中没有父母的留言，也没有任何写有他姓名的东西。

"我的名字由福利机构来取，他们要是再用心点就好了。"

看来他对里中二郎这个名字并不满意。

"当时你身上的衣物还留着吗？"

"留着，因为我想那大概是寻找父母的唯一线索了。不过，我也没那么想见父母。"

"是什么样的东西？"

"有一条毛毯，当时我是被一条米色的小毯子包着的。还有婴儿的衣服、袜子、暖宝……"

"暖宝①？"

"不是贴完一次就扔的那种，是用挥发油加热的怀炉。"

"我知道。把油倒进一个小金属容器里就会发热，对吧？"

还是做母亲的想得周到。十月下旬，天气已经转凉，孩子又放在室外，她是怕孩子着凉吧。

"还有几块手巾做的尿布和一顶毛线帽，大概就是这些了。"

"毛线帽？"我又问了一遍，"确定吗？"

"确定。"

"帽子是什么样的？"

"什么样的……就是普通的圆形帽子。被摸得有些脏了，原来应该是白色的。"

我不禁要欢呼起来，克子的信中恰好也提到了一顶白色的手织帽子。我尽量不动声色，继续问道："其他还有什么吗？"

---

① 原文为"カイロ"，读作 KAIRO，在日文中既指怀炉，也指现在人们常用的暖贴。

"没有了。一个婴儿身上的东西也就这些了。"

"可能吧。"

帽子算是今天的一大收获，之前的几个年轻人都没有提到过，这时我已经确信二郎就是高显先生的儿子。

"我有个请求。能否把你刚才说的那些东西拿给我看看？现在我可以说的是，根据你讲述的情况，我认为你很可能是我的委托人的孩子，所以请务必配合我做进一步调查。"

"这倒是可以。那些东西你着急要吗？"

"还是越快越好。如果你不方便，也可以用快递等方式寄给我。"

他想了想，然后抬起头说："我不想邮寄。"

"哦？"

"那些东西对我很重要，邮寄我不太放心，还是想当面交给你。我会给你打电话，到时再定见面时间吧。"

我能理解他的顾虑，而脑海中掠过的念头则是至少还能和他再见一面。

"那我就等你的消息了。"

那时的我大概像个小女生一样，眼睛里闪闪发光。第二天起，我就开始心神不定地等着他的电话。在旁人看来，我的样子简直就是苦等男友电话的青春期少女，一想到他还会脸红。为了准备下次见面时穿的衣服，我甚至开始逛从未关注过的时装店。

我终于等来了他的电话。我穿上新买的衣服，兴冲冲地来到约定的咖啡馆。他带来了上次提到的所有物品。这些东西此前应该一直放在壁橱里，还带着些许樟脑丸的气味。

　　"能放在我这儿多久？"

　　"你需要多久？"

　　"最多一周，用完后我会给你打电话。"

　　"还是尽快还给我吧，这些东西对我很重要。"

　　我将东西放进纸袋时，见他在一旁不安地看着，我想他的确很看重它们。

　　随后，我又询问了他此前的经历。这与他是否是高显先生的儿子没有直接关系，但我有必要了解，而且坦白地说，是我想和他多待一会儿。

　　他高中毕业后就离开了孤儿院，现在在汽车修理厂工作，理想是将来经营一家店铺，主要吸引汽车爱好者。

　　"不知道什么时候才能实现梦想。"

　　"你一定会梦想成真的。"

　　"希望如此。"

　　忽然，我听到他的肚子传出一声轻响，大概是饿了，我便问道："你还没吃饭吧？一起去吃点什么吗？"我装作不经意的样子，其实已经鼓足勇气。除公事外，我从未邀请过别人吃饭，也不曾被人邀请。他看上去有些意外，一时没有作声。

　　"有家餐厅的西班牙菜不错。"面对他的沉默，我越发心虚，声音都变得尖锐起来，心里不禁感到后悔，认为自己不该说这些多余的话。受到我这样又老又难看的女人邀请，年轻俊朗的他怎么可能欣然接受呢？

还是下次吧——我还未说出口，只见他抬起头答道："吃汉堡……行吗？"

"什么？"

"去麦当劳吃汉堡，行吗？西班牙菜或者法国菜什么的，我有点吃不惯。"他难为情地用小指挠了挠鬓角。我顿时感觉堵在心里的东西不翼而飞。

"好呀，这附近有吗？"

他闻言，似乎也松了口气，对我笑起来，露出了洁白的牙齿。

三十分钟后，我在麦当劳里看着二郎津津有味地吃着巨无霸，我则点了芝士汉堡。

此后，我们又见了几次面。先是为了将那些东西还给他，后来是告诉他调查的进展，再追问一些问题。我必须承认，有些事完全可以通过一通电话解决，我却对他说需要立刻面谈。他并不嫌麻烦，乐在其中的样子给了我勇气，让我能更大胆地约他见面。

"最近有什么高兴的事吗？"病床上的高显先生问我。

我这才意识到自己敲笔记本电脑的键盘时还在哼歌。"啊，对不起。"

"不用道歉。你最近整个人都神采奕奕的，看见你这么充满活力的样子，我的心情也变好了。"

在高显先生的注视下，我几乎想立刻逃跑。在目光如此敏锐的人面前，我内心的一切似乎都无处遁形。"对了，关于您孩子的事，可以再稍微等一等吗？还有不少情况需要一一调查。"

我赶紧换了个话题，打算蒙混过去。话音未落，就见高显先生摇着头说："不用太着急，慢慢来。等你觉得可以汇报时再告诉我。"

"明白了，我会继续跟进。"

正如我对二郎说的那样，我不需要向高显先生做阶段性汇报，这是他本人的要求，他的确从未问过我调查的情况。

我要向高显先生汇报的日子悄然临近。在二郎提供的物品中，最有力的证据是那几块手巾做的尿布，其中一块印着一个男演员的名字。这个如今已经默默无闻的人，正是当时克子所在的剧团中最受欢迎的明星。

我已经确定里中二郎就是高显先生的孩子。

二十

决心复仇时，我便想过是不是有人知道了二郎的事。一原家的人或其他有关人员中，知道二郎的人一定就是殉情案的凶手。然而，无论我在记忆中如何搜寻，都找不到任何头绪。我没有对任何人，包括高显先生提起过二郎，可还是有人知道了吗？

二郎不可能告诉别人，他没有这样做的理由。在我确认他是高显先生的儿子后，他甚至阻止我向委托人汇报。

"为什么？"我问二郎，"为什么不能告诉他？"

"一开始我说过，我不确定是否要和他见面。如果你告诉了他，那他肯定会主动来找我，我不想这样。"

"你为什么不想见他？"

"见了又能怎么样？以前他嫌麻烦就把我扔了，现在大概是担心老了没人照顾，才又想到来找我吧？哪有这么好的事？"

"如果你并非自愿，法律上是无法承认你们的父子关系的。只是见一面也不行吗？"

"我还是拒绝。"

"你一直很配合，不就是想知道自己的亲生父母是谁吗？"

"是啊……可我本以为我不会是你要找的人。"

"是吗？那你表现得还真积极，主动协助我调查。"

闻言，他低声道："不是的。"

"不是什么？"

他看着我，欲言又止，最终叹了口气说："算了，反正我现在不想和他见面。"

这样的对话在我们之间重复过多次。我隐约能猜到他想说的可能是"为了能见到你才配合调查"，而我不停追问，无非是想让他亲口说出这句话。

我确实需要说服他，因为我希望他能得到幸福。深思熟虑后，我想出一个权宜之计——告诉他生父的名字。就算他没听说过一原高显，也应该对其公司和事业有所耳闻。知道自己的生父如此德高望重，说不定他会改变想法。

果然，他露出了震惊的表情。我们在经常见面的咖啡馆里相对而坐，我看到他茫然的目光像是穿过我，落在了遥远的某处。

"真是难以置信，"他自言自语般说道，"我的亲生父亲居然是他。"

　　"这么多年来，高显先生一直不知道他还有个孩子。"

　　我简单说明了一下高显先生和克子的事，并告诉他高显先生知道实情后并没有立刻派人寻找，而是察觉到自己时日无多后才开始的。

　　二郎默不作声，应该是一时无法接受事态的变化。

　　"你还……还没把我的情况告诉他吧？"

　　"没有。告诉你高显先生的事，等于是背叛了他，但我无法对你说谎。"

　　我大胆地说出了心里话，二郎却只是茫然地看着半空。我不由得焦急起来。

　　"再给我一点时间，好吗？"他说，"我想冷静下来，一个人好好想想，现在我心里有些乱。"

　　"我知道了，我会等的。你决定后联系我吧。希望你能往积极的方面考虑，高显先生剩下的时间已经不多了。"

　　他的目光变得锐利起来。"他剩下的时间不多了，又不是我的错。"

　　我一时无言以对。

　　一连十二天，我都没有收到他的消息。其间我给他打过两通电话，但都无人应答。

　　第十三天晚上，他突然来到我住的公寓。我告诉过他地址，却没想到他会来找我，这令我有些不知所措。

"我能进来吗？"他看着别处问我。

我迟疑了。我想让他进来，但如果爽快地答应，他会怎么看待我？我更不想错过和他单独相处的机会，所以还是故作平静地请他进了屋。

"真整洁啊。"他站在房间中央，"有一种女人的气息，是桐生小姐的——是枝梨子你的气息。"

"枝梨子"这三个字在我心中激起回响，我却装作没听到似的，边向厨房走边问道："喝咖啡可以吗？"倒咖啡时，我的心思都在自己的妆容上。幸好下班后还没有卸妆——我可没有勇气以素颜面对他。

"看来你已经决定了？"将咖啡端上桌后，我问。

他没有去拿咖啡杯，只是一动不动地凝视着从杯子里冒出的热气。随后，他才小声说道："是用文字处理机？"

"什么？"

"你是用文字处理机写报告吧？"

他问的应该是有关他的那份报告。我给出了肯定的回答。

"是在这儿，还是在公司写的？"

"这个不能在公司写。过来，我给你看看。"

我带他到文字处理机前，展示写了一半的报告。他盯着屏幕看了一会儿，然后问道："最后还要打印出来吧？"

"嗯，我再签上名字就完成了。"

"哦。"他又看了看屏幕,"如果我现在把内容全部删除,你会生气吗?"

"为什么要这么做?"

"不知道……我也说不出原因。"

"删除了,再写就是了。"

"也对。"说完,他回到了客厅。

我便关上了文字处理机。

"我就是不甘心。"他喃喃道。

"嗯?"

"我不甘心,我不想让他如愿以偿。现在一切都和他预想的一样,不仅顺利找到儿子,还可以让我来承担后果。"

"这件事不会给你带来麻烦,高显先生不是那种人。"

"对我来说,巨额遗产就是麻烦。"

"但是……"

二郎看上去心烦意乱。

我用小勺轻轻在咖啡杯里搅动,思索着说些什么可以让他冷静下来。"你想怎么做呢?"

闻言,他的脸颊似乎抽动了一下,随后,他缓缓望向我。"我今天……是来侵犯你的。"

"啊?"我不禁发出惊呼,但表情并未改变,应该说我不知道该露出什么表情。我清楚地听到了他说的话,却仿佛理解不了句意。

"现在……"他握住我的手，"我就要——"

"等一下！"我想把手抽回来，但他更加用力地攥紧了，于是我索性把另一只手放到他的手背上，问道："为什么要这样？"

"我要让他知道……让那个姓一原的男人明白，要是他以为一切都能按他的计划进行，那就大错特错了！"

"他没那么想。"

"他就是那么想的！他相信只要有钱，不管过去发生过什么都可以一笔勾销，所以我要侵犯你。你完全可以把这件事也汇报给他。就算他再厉害，也想不到事情会变成这样吧？到时候他还会认我这个儿子吗？我猜肯定不会，最多也就是表示一下惋惜。"

"只是因为这个？"我盯着他反问道。

他眨了眨眼，随即移开视线，脸颊似乎又抽动了一下。"不光是这个原因……其实我早就想……想把你抱在怀里。"

我的心一下子被击中了，怦怦乱跳，我甚至能感受到血液正在身体里流淌，脸到脖子像火烧般滚烫。

"你说的我都明白了。先放手吧。"我极力掩饰内心的慌乱，想把手抽出来。他用更大的力气表示反对，我也毫不示弱。好不容易挣脱后，我立刻站起来，转身面向阳台。玻璃门上映出他的影子，我看到他在凝视我的背影。我拉上窗帘，转过身，低头看着他。心跳依然很快，我只得费力地调整粗重的呼吸。"我知道了。"我做了个深呼吸，说道，"抱我。"

他明显一副手足无措的样子，好像连如何开口都不会了，动了动嘴唇，却什么都没说。

"我不希望你侵犯女人，也不想被侵犯。那种事是双方都心甘情愿才可以做的。如果抱我的人是你，我愿意。"

他的视线移向桌上的咖啡杯。"有喝的吗？威士忌之类的。"

"有是有，但不能喝。用酒精麻痹感情是一种软弱的行为。"

于是他端起杯子，喝了一口咖啡，然后一言不发地起身，低着头走到我身边问道："你汇报时不会提这件事？"

"不会。这属于我的隐私，我没有理由汇报。"

他盯着我的眼睛，我也直视着他。其实我连站都快站不住了。

下一秒，他紧紧抱住了我。他力气很大，我甚至感觉自己就要窒息。

随即，他吻住我的唇。在遥远的过去，我也曾有过初吻，但那已经是十多年前的事了。我已经顾不得被他听到我加速的心跳。

接下来的过程紧张又伴有些许疼痛，却甜蜜得令人迷醉。他的动作并不笨拙，也算不上熟练，但这只不过是我的印象。

三十二年，经过如此漫长的岁月，我终于成了一个真正的女人。

这一晚过后，我的人生彻底改变。我无时无刻不想着二郎，再也无法想象我的生活中如果没有他将会如何，甚至觉得为他去死也心甘情愿。

二十一

　　悲恸的心情使我的脑袋昏昏沉沉，还想起了那么多往事。但现在不是伤感的时候，我必须尽快查出真相。

　　我回到房间时，只有年轻的刑警高野留在那里。他说搜查基本结束了。

　　"我现在可以进去了吗？"

　　"可以。我们还想向您确认一下，除了那封遗书还有没有其他东西不见了？"

　　"这……"我走进室内，假装将皮包里和洗脸台上的物品查看了一遍。

　　"化妆品真多啊！"

　　高野看到洗脸台上的瓶瓶罐罐，不禁感叹。他的潜台词大概是"明明是个老太婆，还这么爱打扮"。如果他是个女人，看到这些化妆品肯定会起疑，因为其中有些东西平时并不会用到。

"好像没有了。"在房间里检查完一遍后，我对高野说。

"是吗？"高野点了点头。"这个倒是很少见。"他低头看着皮包问道，"里面装的是威士忌吗？"

他说的是皮包内袋里的那个扁扁的方形不锈钢小酒壶。

"哦，这个吗？"我把它往里面塞了塞，盖上盖子，"里面装的不是酒，是化妆时用的酒精类的东西。"

这时，门口传来敲门声。我应答后，见是苍介打开了门。"咦，刑警先生也在啊？本间夫人，矢崎警部让大家现在集合。"

"怎么了？"我起身问。

"还不知道，好像是发现了什么吧。他们总是不说清楚，真是麻烦。"苍介瞥了高野一眼，说道。

大家都来到大堂后，矢崎出现了。他的神情十分严肃。

"店长，小林女士，"矢崎先向小林说道，"我想再问一次，你确定昨天没有把万能钥匙借给任何人吗？"

"和之前的回答一样，我确定。"

矢崎闻言，摇了摇头。"请你明确地回答，真的没有借给过任何人吗？"

"没有。"

"好。"矢崎又看向我，"本间夫人，昨天由香小姐有没有去过您的房间？"

"没有。"我摇了摇头。

矢崎点了一下头,环抱双臂,看着静静等在一旁的众人。"万能钥匙上检出了由香小姐的指纹。"

"什么?"有人不禁惊呼。

矢崎点了点头,像是在回应。"不光是万能钥匙,在伊之壹,也就是本间夫人房间的房门和屋中拉门的边缘处,也都发现了由香小姐的指纹。但据本间夫人刚才所说,由香小姐并未去过她的房间,那为什么会留下指纹呢?"

"难道偷走那封遗书的人是由香?"曜子拔高了声音。

矢崎点点头。"可以这么说。"

"太荒唐了!由香为什么要这样做?"纪代美一副快要哭出来的表情,抗议道。

"是啊。"矢崎冷静地说,"我也想问大家,由香小姐为什么要这样做?你是由香小姐的母亲,有没有什么线索?"

"我怎么可能有!"纪代美声音尖厉。

"其他人呢?"

众人默不作声。也许他们并非毫无头绪,只是不想由自己说出来罢了。

"藤森曜子女士,"矢崎叫了曜子的全名,"听说昨天晚上,你曾推测半年前的殉情案是有人刻意安排的,而桐生枝梨子小姐遗书中写的也许就是真相,对吧?"

"……是。"曜子垂着头答道。

"如果你的推测正确,桐生小姐那封遗书对凶手来说就非常不利了。"

"是的。"

"那么,"矢崎在面前竖起食指,"偷走遗书的人是由香小姐,是否可以认为她就是殉情案的凶手呢?"

"你说什么?!怎么可能是由香?"

纪代美愤怒地叫喊着,一旁的刑警赶紧上前安抚她:"夫人,请您冷静一点。这只是个假设。"

"什么假设!全都是胡说八道!可怜的由香,被杀了还被这样污蔑……"说着,她哭泣起来,情绪倒是因此平静了不少。

矢崎面不改色,继续问道:"你说呢,藤森女士?"

曜子搓了搓双手,仿佛要抑制住激动的心情,说道:"我只是说可能有人刻意安排,并非一定是这样,更别提什么由香就是凶手了……"

"但你承认有这种可能,对吧?"矢崎执意追问。

曜子无奈地叹了口气。"嗯,如果只说可能性……"

"很好。请你坐下吧。"矢崎双手背在身后,微微低着头,在我们面前踱步,然后突然停住了。"到底是怎么回事……"他小声说道,"从本间夫人房中偷走桐生枝梨子小姐那封遗书的人,应该就是由香小姐,但她随即就被人杀害了。这是为什么?"

"在由香房间里找到那封信了吗?"直之问。

矢崎摇摇头。"我们搜遍了房间,都没有发现,因此认为是凶手拿走的。这就出现了一个新问题——凶手为什么要拿走那封遗书。"

"可以说说我的想法吗？"直之打断了矢崎的话。矢崎便示意他"请说"。"我不知道由香为什么要偷走遗书，但这应该和她被杀无关吧？凶手拿走遗书，也可能是以为信封里装着现金。她的钱包不是也不见了吗？"

看来直之的言下之意是，凶手是从外面潜入的。

苍介赞同直之的观点。"那个信封上什么都没写，潜入房间的凶手很可能以为里面放有现金。"

其他人微微点了点头。

"的确有这种可能。"矢崎一副姑且承认的语气，"不过也未免太过巧了。"

"矢崎警部，"直之严肃地问道，"你想说，凶手就在我们中间吧？"

"当然不是，"矢崎瞪大眼睛，"我没有这个意思。我认为凶手可能从外面潜入，正派人在周边询问情况，看是否有可疑的人曾在附近走动，但目前还没有得到有价值的线索。"

"案发时间是深夜，没有目击者也很正常。"

"或许是吧。"

"听说在本间夫人的房间里发现了由香的指纹，那由香的房间呢？今天早上你们可是采集了我们所有人的指纹呢。"曜子略带不满地说。

矢崎翻开了笔记本。"找到的指纹有由香小姐本人的、一原纪代美女士的、小林真穗女士的，还有藤森加奈江小姐及负责打扫的工作人员的。这个工作人员昨天没来，而且有不在场证明。"

"入室抢劫的歹徒应该会戴着手套作案吧？"直之说。

"有可能。除了指纹，我们还发现了几根头发，正在鉴定。"

听到这句话，我的心剧烈跳动起来。头发可能是我掉落的。自己的头发还能蒙混过关，可我戴的白色假发是合成纤维制成的。被发现的头发里有没有白发？如果有，根本不必鉴定，警方一定会直接来问我，因为在场的人中只有我是白发。不要紧，不要紧，我暗暗给自己打气。

"从头发能获得什么线索？"苍介问。

"很多。"矢崎回答，却不打算进一步解释。

"如果发现了我们之外的人的头发，外部作案的可能性就更大了，对吧？"直之好像在提醒矢崎。

"应该是的。"矢崎漫不经心地回答，随后问道，"还有其他问题吗？"没人作声。于是矢崎清了清嗓子，继续说道："目前一切都无法确定，但我们有必要查清由香小姐为什么要偷走遗书，这其中肯定另有隐情。之后还会向各位询问情况，还请大家配合。"

听他的语气，调查一定会追溯到半年前的那件案子。气氛越发凝重，在场的人窥视彼此的神色，几道视线一瞬间在半空中交汇。

二十二

　　我先回了房间。昨晚一夜没睡，而且长时间假扮一个老太太比预想的还要耗神，我已经筋疲力尽。我将几个坐垫摆成一排，躺了上去，但我难以入睡，便闭上眼睛，在脑海中梳理整件事目前的情况。

　　首先是由香为什么要偷走遗书？

　　她应该不会为了遗产杀人。她自尊心很强，受不了贫苦的生活，但只要能维持现状，便不会铤而走险。她和纪代美目前有一定财力。

　　身为母亲的纪代美更有可能争夺遗产，她比外表看上去更加贪婪。如果得不到想要的遗产，她说不定会气得发狂。

　　会是这样吗？我睁开眼。

　　纪代美可能是凶手。这样一来，由香偷走遗书的行为就得

153

到了解释——得知母亲是殉情案的凶手后，为了替她掩盖罪行，又或者是受到纪代美指使。

由香为什么被杀？难道和殉情案无关，只是苍介、曜子、直之中的一人为多分得遗产而将她杀害？

不，由香偷走遗书和她被杀不可能无关。我不是矢崎，但也觉得凶手恰好拿走遗书这一点过于巧合。

如果纪代美不是由香的母亲，可能还会因为双方产生分歧而杀人。母亲怎么会杀死自己的女儿？

还有，那个符号 И 到底代表什么？由香想通过它传达什么信息？

想着想着，不堪疲惫的我不知不觉间睡着了。

我是被敲门声惊醒的。

我拿起小镜子检查了一下妆容，边应声边打开了房门。只见矢崎和高野站在门外。

"您已经休息了吧？"矢崎抱歉地说。

"嗯，打了个盹。"我堆起笑容，看着面前的二人，"有什么事吗？"

"想向您了解一下情况，您现在方便吗？"

"嗯，请进吧。"

进屋后，我拿出坐垫，但他们只是在榻榻米上盘腿而坐。

随后，矢崎问了第一个问题："昨天您去过庭院吗？"

我给出了肯定的回答。高野马上展开了一张像地图一样的纸。仔细一看，是庭院的示意图，大约中央的位置上画着池塘。

矢崎问我大概是什么时候、在哪里走动过。我告诉他昨晚睡前去散步并遇见了小林。一旁的高野则在示意图上画出我散步的路线。我明白了他们来问话的目的。

最后，矢崎用手轻蹭着下巴，显得非常满意。"多谢您了。"

"不用客气。请问，这是不是和池塘边发现的脚印有关？"我状似不经意地问道。

矢崎闻言，脸色骤变。"您是听谁说的？"

我告诉了他我和古木律师及鲹泽弘美的谈话内容，他的表情这才放松下来。"原来是这样。"

"那真的是凶手的脚印吗？"

"现在还不能下定论，因为我们目前无法判断。不过，肯定有人跃过了池塘，因为另一边也发现了同样的痕迹。"

"真是奇怪啊。"

"如果只是散步，通常不会留下这样的痕迹吧？"矢崎苦笑着，不过很快正色道，"如果脚印是凶手的，那这将是非常重要的线索，即使痕迹并不清晰，很难锁定嫌疑人。"

"凶手离开由香小姐的房间后，跃过池塘逃走了？"

我这样说的前提自然是假设凶手是从外面潜入的。

矢崎话里有话般说："可能是，不知道逃到什么地方去了。目前唯一可以断定的是，脚印的主人体力很好，能跃过池塘。至于其他方面，最好不要先入为主。"

"这样我就放心了。其他人我不知道，反正我是没能力跃过去的。"

话音刚落，我就意识到自己失言了。作为一个有涵养的老太太，我话中明哲保身的意味太强了，不过矢崎和高野似乎并没有起疑，只是干脆地说道："我们还没有断定凶手是回廊亭里的人。"

见询问已经告一段落，我便起身泡茶。二人客气地端起了茶碗。

"这个茶碗真是精致。"矢崎喝了口茶，微微向上举起茶碗看了看，随后将视线移向我，"对了，听说您以前是茶道老师。"

"啊？呃……那是好多年前的事了。"我的确听本间夫人提起过，不过矢崎是怎么知道的？

他就像会读心术一般，接着说道："不好意思，我们特意去前桥那边打听过。"

"啊，是吗……"这半年来，本间夫人从未和周围的邻居打过照面。这不会引起警方的怀疑吧？

"茶道我也粗浅地学习过一点，可惜我总是打不出来好看的茶沫。"

"我刚开始练习时也费了一番功夫。"我谨慎地回应。

"是吗？看来我做不好也情有可原。"说着，矢崎做了个用茶筅去拂茶汤的动作。

"已经向由香小姐的母亲纪代美夫人了解过情况了吗？"我

转移了话题。

"嗯，算是吧。"矢崎和高野对视了一眼。这项工作显然完成得很艰难。

"有没有得到什么线索？"

"没什么有价值的。安眠药姑且算一个吧。"

"安眠药？"

"由香小姐说怕睡不着，向纪代美女士要过安眠药。她外出时习惯带着，便给了由香小姐一次的量。"

"这样啊……"由香为什么需要安眠药？

矢崎似乎看出了我的疑问。"难道是想让您服下？您睡着就能方便她顺利地偷走遗书，好像没这个必要吧。"

"老年人都睡得很早。"我苦笑道，"你觉得半年前的殉情案和这次的案子有关联吗？"

矢崎放下茶碗，动作夸张地环抱起双臂，沉吟道："我认为有。说实话，其实殉情案发生后，警方内部出现了一些不同意见。案情疑点颇多，有些人认为应该再调查一下相关背景，有些人认为是一场阴谋，但最后都不了了之。当时唯一幸存下来的证人桐生枝梨子小姐并未供述能推翻殉情一说的证词，而且不久后就自杀了。"

"如果两件案子有关，该怎么解释呢？"

"我也不知道。"矢崎歪着头，若有所思，"比较合理的解释是像藤森曜子女士所说，共同点在于遗产。可是无论怎么推理都有不合情理的地方，总是前后矛盾。"

　　看来警方也和我一样迷失了方向。当然，目前的局势对我并非十分有利。

　　"如果殉情案是有人刻意安排的……"矢崎松开双臂，向我探过身，"原因是什么？想杀桐生枝梨子小姐，只要将现场伪造成自杀的样子，或是意外事故也可以。"

　　"这……"对方的观点一针见血，我只能含糊地附和。

　　"更重要的是，为什么要选择这家旅馆作为伪造殉情的现场？桐生小姐自杀的那个岬角，不是更不易引人怀疑吗？"矢崎的语气有些激动，连珠炮般说完后，他自嘲道，"不该和您说这些的，是我还沉浸在旧案中。现在最重要的是先解决眼前这件案子。"

　　"一定会很快找到线索的。"

　　"但愿如此吧。"矢崎朝高野使了个眼色，二人一同站起身。"感谢您的配合，也许后面还有事请教您，麻烦您了。"

　　"好的，随时都可以来找我。"

　　二人走后，我回想起了矢崎提出的疑问——凶手为什么选择这里作为伪造殉情的现场呢？

　　因为这里本应是父子相认的地方。

　　当我沉浸在幸福中，悲剧也在一步步靠近。高显先生的病情急剧恶化，我恳求二郎让我去向高显先生汇报他的情况。

"最近一原家有个聚会。"我对二郎说，"他们会住进一个叫回廊亭的旅馆。如果可能，高显先生希望趁此机会把他的孩子介绍给亲戚们，我想在这之前向他汇报调查结果。"

　　二郎有些迟疑，不过我敢肯定，就算他表面上再抵触，内心还是想见到生父的。

　　"知道了。我会去见他。"沉默良久后，他终于开口。我刚松了口气，就听他立刻补充道："你先不要和他说，到时候我直接去见他。"

　　"你打算怎么见？"

　　"直接去旅馆的客房。我想出其不意地出现，你能给我带个路吗？"

　　"可以是可以……"

　　"好，就这么定了！"他看上去很振奋，右手握成拳，在左掌上击了一下。

　　到了那天晚上，我特意没有锁上玻璃拉门，方便他随时进来。我闭着眼躺在被窝里，兴奋得难以成眠，像个想到了绝妙恶作剧的孩子。

　　那个夜晚，我等来的却是一场难以想象的悲剧。

　　二郎，我的二郎。

　　把他夺走的仇，我一定要亲自报。

二十三

　　我在房间里一直待到傍晚，直到小林过来对我说晚餐已经准备好。

　　"是你做的？"我惊讶地问。我知道今天厨师并没有来。

　　"不是。我订了寿司。是苍介先生建议的……实在抱歉。"

　　"没事，没事，"我连连摆手，"我吃茶泡饭就好。谢谢你的好意，我这就过去。"

　　到了昨晚用餐的地方，寿司已经摆好。几人正在吃，看上去并不觉得自己的行为失礼。

　　"警察走了吗？"早就吃完的加奈江端着茶碗问。

　　"反正我没看见警部先生，"曜子答道，"也许回搜查本部了。"

　　"庭院里还有刑警呢。"苍介说，"他们可真卖力，佩服他们的干劲和毅力。"

"要是能抓住凶手，我没有任何意见。"曜子叹了口气。

这时，古木律师和鲹泽弘美来了。

"真对不起，连您也得留在这里。"苍介代表一原家的人向古木律师道歉。

"没关系。"古木律师笑着说。

"今晚你们住在哪里？"

"先住员工宿舍，可能还有几个刑警也会住在那里。"

"哎呀，还是来我们这边住客房吧！"加奈江对鲹泽弘美说。二人不知什么时候已经熟悉起来。

"谢谢你，不过这是刑警先生安排的。"

"为什么？"

"可能是要和我们这些有嫌疑的人隔开吧。"曜子话中带刺。

"什么？"加奈江睁大了眼睛。

纪代美依然没有出现。看到桌上还有一食盒寿司，直之对小林说："给她送到房间去吧。"

"啊，等一下。我去吧。"我叫住正要起身的小林，接过了食盒。我之所以这么做，是因为这是个向纪代美套话的好机会。

"本间夫人，还是我去吧。"

"你还得照顾大家呢。没问题，这点东西我拿得了。"

"哎呀，伯母，还是我去送吧。我已经吃完了。"加奈江猛地站了起来。

"不行，你还是别去了。"苍介说，"看见你，纪代美会想起由香的，她现在唯一不怀疑的应该只有本间夫人了。"

或许是觉得苍介说中了事实，没有人再提出反对。我看了看不安的小林，以示安抚，然后拿着食盒离开了。

看到是我送来晚餐，纪代美有些诧异。我本以为她会说吃不下，没想到她痛快地接过了食盒。

我随即看了一眼屋里，榻榻米上放着一摞摞衣物。"你在收拾东西吗？"我问道。

"警察把由香的东西都还给我了。"她双眼哭得通红，头低了下去。

"能占用你一点时间吗？"我对她说，"我想和你说说话。"

纪代美的目光瞬间充满戒备，但还是说着"请进"，让我进了房间。

房间中央放着一个旅行袋，原先收在里面的行李整齐地摆在一旁。基本都是衣服，化妆品和小饰品也有不少。

"警察从这些东西里找到什么线索了吗？"

"不知道，就是例行检查吧。"听纪代美的语气，她似乎非常怀疑警察的侦查能力。

"纪代美夫人，"我压低声音，"你怎么想？矢崎警部好像认为凶手就在入住回廊亭的这些人当中。"

对方闻言，惊疑地望着我，但很快她的目光就变得像在看自己人一样。她或许觉得我这个老太婆并没有动机杀害由香。

"如果凶手是家里人，我一点都不会感到奇怪。这些人把钱看得比什么都重要。"大概是女儿的死令她伤心欲绝，她的话中丝毫听不出袒护亲人的意思。

"你怀疑曜子夫人？"

纪代美表情扭曲。"如今最需要钱的就是她了，她丈夫的生意不太顺利……但我也拿不出什么有力的证据。刚才是我太冲动了。"

"你觉得由香小姐为什么要到我的房间偷走桐生小姐的遗书呢？"

"我完全想不通。"纪代美痛苦地紧皱着眉头，缓缓摇了摇头，"一定是什么地方弄错了。我觉得很莫名其妙……"

"殉情案发生的时候，你也住在这儿吧？"

"嗯。"她点了点头。

"案发后，由香小姐说过什么吗？或者是她有什么不对劲的地方？"

"警部问过同样的问题。"纪代美面露不快，"可我真的一点头绪都没有。我自认为不是感觉迟钝的人。遭遇了火灾，她确实受到不小的惊吓，可很快就恢复平静了，后来也没再提起过。坦白说，不管是我还是由香，都快把那件事忘了。"

真的吗？纪代美不像是在说谎，而由香的想法就无从得知了。

"唉，真想赶紧离开这里，我看到那些人就觉得不舒服，而且我还要为由香办后事……但如果凶手就在他们中间，我一定要亲眼看着那个人被逮捕。"她的表情充满憎恨和悲痛，身体仿佛随时都要倒下。

看来也问不出什么线索了。我正要起身，突然看到了由香的首饰。

咦？

"这枚戒指真漂亮。"我拿起一枚珍珠戒指。只见镶嵌在上面的珍珠泛着浅粉色的光泽，表面浑圆，毫无瑕疵。

"这是最近新做的。"纪代美说，"我碰巧买到了上等珍珠，本想做成一对耳环，可由香说还是做成戒指更好，参加法事时正好可以戴。结果她一次都没戴，就……"说着，她哽咽起来。

"原来是这样。"我小心翼翼地把戒指放回原处，同时在其他首饰上扫了一眼，问道，"那另一颗珍珠呢？"

"另一颗？"

"你不是说本想做成一对耳环吗？应该有两颗珍珠吧？"

"哦，"她用手帕拭了拭眼角，"由香说另一颗可以做个胸针之类的，她大概放在家里了。请问有什么问题吗？"

"不，"我摆摆手，"没什么。只是看到这么漂亮的珍珠，不由得想看看用它做成的东西。我只是感到好奇罢了，真是不好意思。"

"没关系。"

"那我就先回去了。"

又客套几句后，我离开了纪代美的房间。回去的路上，我一刻不停地思索着。这么简单的事，为什么我此前一直都没有想到呢？

殉情案的凶手不是由香的母亲，但如果是对由香来说重要的人，她也会主动去偷走遗书。

那这个人是谁？我不由得想起了昨晚曜子说的话——由香已心有所属。

健彦？不，不是他。

应该是直之。

我还记得今天早上他的领带掉在地上时，一起掉下来的还有一枚珍珠领带夹。曜子还感到奇怪，说他平时都不用领带夹，他则回应说是别人送的，并掩饰般立刻塞进了口袋。

看来领带夹就是由香送给他的。刚才看到的那枚戒指上的珍珠和领带夹上那颗，无论是色泽还是大小，都极为相似。

我要怎么去确认呢？听纪代美的口气，她大概没有发现女儿的这份感情。加奈江呢？恐怕也不能抱希望。如果她知道，估计早就传开了。健彦就更不必说了。

等回到用餐的地方，我还没有整理好思绪。众人纷纷向我问起纪代美的情况。我回答说她看起来精神好了一些。

我坐到原先的位子上，食不知味地吃着剩下的寿司，忍不住将视线投向直之。不知是不是因为单身，他看上去不过才三十五岁左右，也许正是由香这个年龄的女孩向往的类型。叔叔与侄女的关系注定了由香的爱情不会有结果，那她又是如何打算的？

晚餐匆匆结束，大家准备各自回屋。我不由得焦急起来，时间紧迫，我必须有所行动。

幸好直之没走，坐在大堂的一角开始看晚报。报纸上似乎报道了这里发生的案子，只见他皱着眉，看得格外仔细。

现在周围没有其他人，我不能放过这个难得的机会。于是我马上过去坐到他的对面。他向我的方向瞥了一眼，又将视线移回报纸上。

"直之先生。"

也许是意识到我的语气有些正式，他露出了惊讶的神色。"怎么了？"

我调整呼吸，再次确认四周没有别人后才开口道："你知道由香小姐喜欢的那个人是谁吧？"

直之的表情一瞬间消失了，目光似乎也游移起来，过了几秒，他才看着我说："您为什么这么问？"他失去了一贯的镇静。我终于确认自己的直觉是正确的。

"我没有什么特别的意思……只是觉得，也许会和这次的案子有关。"

直之收起手中的报纸，向周围扫了一眼，然后向我微微探身。"我不知道您为什么这么说，又为什么要问我呢？"

"只是直觉罢了。其实我问谁都可以，只是……"我露出礼貌的微笑，"我感觉你好像知道，但如果我猜错了，也请原谅，不要放在心上。"

说完，我起身准备离开。很快，直之便叫住了我，我回过头。

　　"您最好不要和别人提起这些，因为您毕竟是这件案子的局外人。"他脸色阴沉地说。

　　"我知道，我不会和别人说。"

　　随后，我说了声"失陪"就离开了，但依然能感到直之一直在背后盯着我。

二十四

我沿着长长的回廊向自己的房间走去。外表故作平静，心脏却怦怦直跳，脚步也无意中加快了。

没错，由香爱着直之。直之知道，否则他不会如此不安。

如果把直之视为凶手，一切就说得通了。

假设由香知道直之就是殉情案的凶手，那么得知桐生枝梨子留下了遗书时，她会怎么想？会不会想一定要弄到这封遗书？

她自然不认为直之会无动于衷，猜他会亲自去偷遗书，于是她准备自己动手。也许她想通过和直之拥有共同的秘密来加强二人之间的联系。

我想起了两个证词——葡萄酒和安眠药。

为了亲手偷走遗书，由香需要先让直之睡着。于是她向纪代美要来安眠药，放进葡萄酒中，并让直之喝了下去。她拒绝小林的帮忙，特意去直之的房间这一举动也得到了解释。

那么，由香又为什么会被杀？

我不知道安眠药的药效能持续多久，但直之半夜醒来了会怎么样？大概会决定马上去偷遗书吧？于是他恰好目击了由香的行动。

或者二人在回廊上相遇了。由香是否告诉了直之她已偷到遗书？总之，直之发现由香知道了真相。由香爱他，而他对由香却没有那方面的感情。为了保守秘密，他决定杀人灭口……

这样推测的确合情合理，而且由香临死时留下了最后的信息——直之的名字。那个符号 И 也许就是 N 的误写，即直之名字的首字母。

唯一令我难以释怀的，是一直以来我对直之的印象。我难以想象他会做出这种事。

不，我摇了摇头，我不能因此犹豫，也不能受到蒙骗。难道还有比这更完美的推理吗？我要将复仇计划进行到底，杀了直之。留给我的时间不多了。

我边走边思索计划。如何才能顺利进行？看来只有趁对方熟睡时偷袭。在他的脖子上绕上绳子，用力一勒，他就算体力再好，恐怕也做不出什么抵抗。

问题是我不知道刑警监视的严密程度。听说警力主要分布在建筑的四周和玄关入口处，客房则没有安排，但不知道矢崎是如何考虑的。我还是有必要先打探清楚，再根据实际情况改变计划。

我看看手表，快八点了，离大家熟睡还有一段时间。

沿回廊从路馆走向伊馆的途中，我忽然停下脚步，因为眼前出现了一道颀长的身影。对方也看到了我，随即向我微微颔首。

是鲹泽弘美。

"你找我有事吗？"我努力挤出一个笑容，问道。

他回以自然的微笑。"不，我只是稍微参观一下这里。"

"这样啊。"

他在调查什么？是由香被杀一事吗？

他无所顾忌地直视过来，我不禁微微低下了头。

"对了，古木律师呢？"

"他说有点累，大概已经回房了吧。如果您有事，我可以帮您转达。"

"没什么事。那么，晚安。"我依旧低着头，从他身旁走过。

"好的，晚安。"

我和他向相反的方向走去。片刻后，我又驻足，回过头去，感到胃还是有一点痛。

二十五

刚过九点，矢崎他们就来了，像一阵不祥的旋风刮过。我要了一壶开水，正准备回房间。我去厨房是为了偷一件可以当作凶器的东西，结果因为小林也在，我没能如愿。

矢崎让小林把健彦叫来。他的语气和白天不同，似乎暗含了几分威吓。

"健彦先生怎么了？"我试探般问道。

矢崎只生硬地说了一句"没什么"。

不久，脸色苍白的健彦来到大堂，他父亲苍介也跟来了。

矢崎皱起眉说："不好意思，我想单独问健彦先生。"

"为什么？"苍介显得有些生气，"单独问健彦是什么意思？对每个人的单独讯问，今天早上不是都结束了吗？"

"请您别把事情想得太严重了。我是想到有些内容也许和健彦先生的隐私有关，所以才这么说。"矢崎的言辞十分礼貌，却毫无退让之意。

"我不明白你的意思。这和健彦的隐私有什么关系？"苍介不甘示弱地反驳道。

他的声音很大，令刚走出房门的加奈江吓了一跳，顿时站在那里不敢动了。

"我问心无愧。有什么要问的，就在这儿问吧……"健彦低着头说，只是他的声音没有他父亲那么响亮。

"那好吧。"矢崎叹了口气，"我们验出了你的指纹。"

"在哪儿？"苍介问。

"由香小姐房间的玻璃拉门外侧，上面有被擦拭过的痕迹，最终确认是你的指纹。请你解释一下吧。"

矢崎说完，连一直维护儿子的苍介也立刻注视起健彦。健彦紧抿着嘴，频频眨眼。

"怎么了？你怎么不说话？也许是你在庭院里散步时，不经意间碰到了由香房间的玻璃拉门。估计就是这样吧？"苍介像在袒护受到老师批评的孩子。

矢崎冷淡地继续说道："白天时我逐一问过大家昨天是否到庭院里去过，健彦先生的回答是他没去过。"

苍介深吸一口气，似乎连呼气都忘了。

"我知道了。"健彦终于开口，"我会解释的，我们先去别的地方……"

"健彦！"

"好，那我们去办公室吧。"矢崎催促健彦。

苍介只得沉默地呆站在那里，矢崎和高野带着健彦离开了大堂。

听见苍介刚才的说话声，直之和曜子也来了。一直在场的加奈江向二人说明了事情的经过。

"健彦他……"说到一半，直之不再作声。我则思忖起他突然缄口的原因。从他的表情看不出他是因为警方怀疑了别人而感到安心，还是纯粹在担心自己的侄子。

苍介像一头熊一样走来走去，并频频看表。大约三十分钟后，健彦终于回来了，但不知为何面部发红。

"健彦，怎么样？"

健彦一言不发，从我们中间穿过，消失在回廊上。苍介赶忙追了过去。

高野随后过来叫直之，说下一个要问的人是他。

"找我吗？好的，知道了。"直之显得并不意外，跟着高野走出了大堂。那坦然的样子很难让人觉得他与凶手有任何关系。真是这样吗？我又困惑起来。

这时，纪代美来了。她向小林要了冰块，说自己有些发烧，想用冰块敷在额头上降温。

"那我给您做个冰枕吧。"

"算了，冰块就可以。我放在塑料袋里当冰袋用。"

小林闻言便去了厨房。纪代美看着我们，似乎还不知道刚才发生了什么。我简单地向她叙述了一下现在的情况。她只是面无表情地说了句"是吗"。难道她已经平静下来，只等着凶手被警方逮捕了吗？

小林提着冰桶进来时，直之和高野一起回来了。高野随即对我说道："本间夫人，请您过来一下。"

我十分意外。"是叫我吗？"

"是的，请。"

我瞥了一眼直之。不知为何，他用带有歉意的目光向我示意了一下。

我过去时，矢崎正在与另一个刑警交谈，并看着一张纸条不时点头。让那个刑警离开后，他才看着我说："不好意思，让您久等了。"

"有什么发现吗？"高野问。

矢崎一开始似乎有些顾忌我在场，后来又觉得没什么关系，便答道："鉴定科那边发来报告，和掉落在案发现场的头发有关。由香小姐的房间里发现了除她本人之外的四种头发。其中一种和负责打扫房间的清洁工的头发一致，可以排除嫌疑。你去查查另外三种都是谁的。"说着，矢崎把纸条递给了高野。

高野看了看，说："另外三种都是女人的头发，也就是说，是来自藤森曜子、加奈江、一原纪代美、小林真穗中的三人。"说完，他看到我，又连忙补救般继续道，"啊，我不是说夫人您不算在内……"

"没关系，因为发现的都是黑发吧？"

"真是不好意思，的确如您所说。我这就去查一下。"高野拿着纸条向大堂走去。

"从头发还能断定性别？"我问矢崎。

"是的，还能知道头发修剪后过了几天。"

"哦……"

"也可以推测大致的年龄。如果是有经验的鉴定人员来做，结果将会非常准确。"

"连年龄都能知道啊。"我明白了高野起初就把我排除在外的原因——三种头发中并没有属于六十到七十岁女人的。

"对了，警部先生，您找我是有什么事吗？"

"是的。"矢崎微微起身，向我这边挪了挪椅子，重新坐好，"我想和您确认一件事。您认为由香小姐爱上了直之先生，对吧？"

这个问题完全出乎意料，我顿时有些不知所措。

矢崎点了点头。"我是听直之先生说的，刚才您和他谈起过这件事。您虽然没有明说，但不知怎么知道了由香小姐的感情。"

直之坦白了他和由香的事？为什么他这么轻易就说出来了？不，应该说，矢崎刚才为什么会问起直之这方面的事？

"到底是怎么回事？"矢崎又问了一遍。

我便说出看到珍珠戒指和领带夹一事，并解释是由此察觉到了他们的关系。

矢崎听后，明显恭维地说道："女性看待问题的角度就是不一样啊。"

"不过，这和案子有什么关系？又和由香小姐房间里查出健彦先生的指纹有什么关联？"本来不是在调查指纹吗？

矢崎装模作样地慢慢打开笔记本。"说起来有些好笑。健彦先生说半夜听见门外有动静，担心有人进了由香小姐的房间，所以过去看了看。"

"什么样的动静？"

"他说是类似东西掉在榻榻米上发出的那种沉闷的声响。声音不是特别大，但他那时恰好醒了，就有些在意。这是因为他有不得不在意的事，而这件事与直之先生有关。"

我不禁倒吸一口凉气。

"昨天由香小姐向健彦先生坦白了她对直之先生的感情，还说她为了直之先生什么都做得出来。这份感情似乎非常强烈。一般男人听见心仪的女人对别人这样表白估计就死心了，可健彦先生没有，他想的是尽量阻止这两个人的关系进一步发展。二人的房间碰巧离得很近，所以他一直担心直之先生会趁半夜进入由香小姐的房间。"

"这……"这的确像是健彦的心思，我皱起眉，心想。

"他一听到动静就坐立不安，决定出去看看。他先走到回廊，确认直之先生是否离开了房间，然后绕到庭院窥探由香小姐的房间。他发现里面的拉门开着，却没有感到不对劲，于是放心地回了自己的房间。玻璃拉门上的指纹大概就是那时留下的。第二天早上尸体被发现，大家乱成一团，他害怕自己的指纹被发现后说不清楚，就偷偷地从外面擦了擦。可能因为太匆忙，并没有擦干净。"

"他夜里起来时大约是几点？"

"三点左右。"说到这里，矢崎突然目光炯炯，声音低沉下来，"如果这是真的，那就是非常重要的信息。健彦先生听到的动静很有可能是凶手发出的。"

我不禁骇然。那一定是我发现由香已经被杀时惊坐在地的声音。那之后，我听到有人从对面房间里出来，一直以为是直之。原来是健彦吗？

"健彦先生从回廊到庭院的这段时间，应该正是凶手从由香小姐的房间逃走的时候。也就是说他前去查看时，由香小姐已经遇害，所以拉门是开着的。"

真是危险。要是我出来得稍晚了一点，也许就会被健彦看到。"我有个问题。"

"什么问题？"

"健彦先生说他曾确认了一下直之先生是否从房间里出来了。他是怎么确认的？"

"这一点实在是很有意思。"矢崎笑着说，"他睡前在直之先生的房门上设置了一个小机关。将一根头发用唾沫粘在门缝上，只要一开门，头发就会掉落，这样便可以发现对方是否在半夜出过门了。我当时实在忍不住笑了出来。就算再怎么不放心自己喜欢的女人，也不至于做到这种地步啊。"

"那健彦先生去看的时候，那根头发还在吗？"

"还在原处。"矢崎笑着回答，然后说道，"真是讽刺。如果健彦先生所说属实，托这根头发的福，直之先生倒是排除了嫌疑。这证明由香小姐被杀时，他并没有离开过房间。"

二十六

谈话结束，我和矢崎一起走出办公室。他主动与我闲聊，说他的胃不太好，我却心不在焉。从他那里得知案情的最新进展后，我脑子里乱成一团。

直之不是杀死由香的凶手。昨天夜里，他的房门一次都没打开过，这便是证据。一切又回到了原点。直之和殉情案也没有关系。

难道直之是殉情案的凶手，而杀死由香的另有其人？

不，我马上否定了自己的想法。这次凶手一定是为了夺走桐生枝梨子的遗书才杀掉由香。必须要夺走遗书的人就是殉情案的凶手，也是我应该报复的对象，但那个人不是直之。这样一来，由香偷走遗书的动机也无法解释了。难道她有其他需要保护的人？

健彦的话也令我非常在意。由香曾对他说自己可以为直之做任何事。从由香的行动来看，她的确把直之当成了殉情案的凶手，然而这并非事实。那么，由香为什么会这样认为呢?.

回到大堂时，我看到高野面色阴沉地站在众人面前，只有健彦和纪代美不在场。

"警部，头发的鉴定结果出来了。"

"怎么样?"

"目前确认了其中两种，分别属于藤森加奈江小姐和小林真穗女士，血型和头发长度都吻合。慎重起见，我让鉴定科再鉴定一下。"

"那剩下的一种呢?"

"这……并没有找到对应的人。"高野拿出那张纸条，"性别为女性，血型是 AB 型，年龄在二十至三十岁之间，短发且最近修剪过，没有人符合这些条件。以防万一，我也问了健彦先生和纪代美女士，但二人的血型不符。"

"什么?"矢崎一时语塞，抢夺般从高野手里拿过纸条，然后向众人问道，"谁的血型是 AB 型?"

"我是。"苍介说，"最近也理过发。"

但他不是女人，年龄也不是二三十岁。

矢崎略显恼火地回头看向高野。"去向鉴定科确认一下性别和推定年龄。"

高野立刻跑出了大堂。

我拼尽全力才没有露出惊慌的神色。存在问题的头发正是我的。

"不至于吧？"直之对矢崎说道，"我们当中没有符合条件的人，不就证明是外面的人潜入了由香的房间吗？"

"如果真的没有，那确实如你所说。"矢崎似乎不情愿地点了点头。看上去他倾向于相信凶手是回廊亭里的人。

"女人啊，"曜子黑色的眼珠骨碌碌地转动着，"真是什么样的都有。"

"谁说女人不会抢劫？报纸上有时也会报道美女劫匪吧？引诱男人吃下安眠药，再抢走他的钱。"苍介打趣道。

凶手是从外面潜入的人——这种可能性一出现，萦绕在众人间的压抑气氛顿时消散了几分，只有矢崎面色不悦。"头发不一定是凶手留下的，"他在刚缓和下来的气氛中泼了一盆冷水，"也可能是以前的客人掉的。"

"不会的。"小林罕见地开口了，"客房我们打扫得非常干净，绝对不会出现这种情况。"

"不过……"矢崎没有再说下去，或许是因为对于这一点，他知道小林更有发言权。于是他立刻从另一个角度做出了解释："啊，鉴定结果也不见得准确。"

这时，高野回来了。他略显为难地向矢崎说道："鉴定人员说无论是性别还是推定年龄，化验结果的准确性都非常高。"

矢崎的脸色变得阴沉起来，和案件有关的众人则露出一副胜利般的轻松表情。

"我失陪一下。"矢崎带着高野离开了，也许是要分配警力到周边询问情况。这样一来，侦查的重心就不局限于调查回廊亭里的人了吧。

"女人啊……"苍介和曜子发出了同样的感叹，"那就可以理解凶手为什么没有施暴了。看来凶手的唯一目的是钱。没想到附近有这种歹徒出没，治安环境真不算好啊。"

"健彦不是说听到声响了吗? 当时再早点出房间就好了。"

加奈江说完，似乎以为我不知道情况，便告诉我说："健彦半夜三点左右听见由香房间里传来动静，便想从她房间的窗户往里查看出了什么事。指纹就是那时留下的。"大概是苍介从健彦那里得知了这一情况后，简略地向其他人做了说明。由香的感情及暗中对直之的监视，健彦应该只字未提。

"今天晚上大家一定要留心，将门窗关紧。"曜子提醒道。

"歹徒应该不会连续作案，不过谨慎一点总没有错。"苍介听了妹妹的话微微笑了笑，随后回过头对小林说，"我有点渴，能给我端杯咖啡过来吗?"

"好的。"

"我去吧。"加奈江起身道，"店长今天从早上一直忙到现在吧? 先休息一下。"

"没事，我不累。"

"没关系，没关系。"说着，加奈江迅速走向厨房。小林连忙追了上去。

“这是怎么了？突然这么懂事。”曜子见女儿这么机灵，不禁露出自豪的表情。

“也许是由香不在了，让她产生了责任感。”直之说。众人纷纷点头。

不一会儿，加奈江端着放有咖啡杯的托盘回来了。小林则拿来了点心。

“大家都在夸你懂事呢。”苍介打趣道。

加奈江有些不满地说道：“这点小事我还是会做的，我也是个女人嘛。”

“不错。你还在继续学习茶道和花道吗？”

“茶道已经不学了。”曜子皱着眉答道。

“不是不学，只是先休息一段时间。”说完，加奈江噘着嘴把杯子端给每个人。

“对了，听说本间夫人一直在研习茶道。”

直之又说了多余的话。我不得不谨慎地回应了一声，不想再继续这个话题，曜子却突然问道：“您是‘里派’？”她指的是“里千家”。我迟疑起来，是哪个茶道流派来着？如果没人知道实情，我倒是可以随意回答……

“我记得是‘表千家’吧？”直之替我答道，“我听大哥说过，本间夫人教授过表千家茶道。”

这个男人真是什么闲事都知道，幸好我没有稀里糊涂地回答。我点了点头，说道："嗯，是表千家。"

"表和里，是在点茶方式上不同吗？"天不遂人愿，加奈江又提出了新的问题。

这次是曜子帮我解了围。"你连这都不知道？"

"妈，你知道呀？"

"当然。"曜子喝了一口咖啡，"里千家注重打出好看的茶沫，表千家则不怎么这样做，对吧？"

我感到血一下子冲上了头顶，完全不知应该怎么回答。我想起白天时，矢崎说过他很难打出好看的茶沫。

"不对吗？"见我迟迟不答，曜子似乎有些不安地问。

"不，你说得没错。"我浑身直冒冷汗，脊背阵阵发凉。

"咦，矢崎警部？情况怎么样了？"

听到苍介的话，我猛地抬起头，看见矢崎正走进来。他是什么时候过来的？是否听到了刚才的对话？

一瞬间，我撞上了他的视线。他的目光中闪烁着不同于之前的锐利光芒。

二十七

　　矢崎说他们要暂时先回搜查本部，但会派侦查员在附近继续监视，我们可以安心休息。他真正的意思大概是让我们不要到处乱走，最好待在房间里。

　　矢崎走后，我仍然忐忑不安。他有没有听到那段关于茶道的对话？如果听到了，想必已经察觉出我的话中有矛盾。

　　其他人陆续回房了，我也只得起身。这时，直之走近我，有些不好意思地看着我说："之前您问我的时候，我没有明确地告诉您由香的事，结果给您带来了麻烦，真是对不起。"

　　"没关系，说不上什么麻烦。"

　　他坐到我旁边的沙发上，我便也坐了回去。

　　"您是怎么发现的？"他不解地问。

　　我说出了珍珠首饰一事，只见他露出了苦笑。"原来是这样。

女人看待问题的角度真是独特。不过，幸亏发现这件事的人是您，如果是其他人，可能就麻烦了。"

"你放心，我不会对别人说的。"

"拜托您了。"直之表情严肃，闭上了眼睛，似乎在考虑应该如何解释。随后他睁开眼，对我说起了整件事。"由香第一次向我表白心意大约是在半年前。对，就是殉情案发生前不久。她说有事要和我商量，我们就见了一面。她和我谈的是关于健彦的事。她说健彦总当自己是她的未婚夫，而她完全没有那个意思，希望我能出面和健彦谈谈。我劝她这种事本人直接去说比较好，这样才不会伤害对方的感情。她觉得自己做不到，还说如果她去，不知会说出什么来。我问她到底要说什么，她……"

"她说她喜欢的人其实是你，对吧？"

"嗯，是这个意思。"直之叹了口气。

"她是个可爱的女孩子。"

"一开始我以为她在开玩笑，但又觉得不像。说实话，我真不知该怎么办。我对她从没有过那方面的想法。"

"我想也是。"

"我对她说这种感情只是一时的，会随时间渐渐淡去。可她不听，甚至说最后不能结婚也没关系……"

外表乖巧的由香也有这样的一面，而看上去大胆直率的加奈江有时却非常保守，真令人意外。

"你是怎么应对的？"

"我一筹莫展，"直之耸耸肩，"只想着尽量不和她见面。只要不见面，就不会发生什么。"

"越是这样，由香小姐越放不下吧。"

"没错。她经常给我打电话。我并不讨厌她，所以当她约我见面时，我没有次次拒绝。坦白说，和她在一起我很愉快。"

我点了点头。由香是有自尊心的，如果她感到自己被人讨厌，一定会立刻退却。

"但请相信我，我和她不是那种男女关系。"

"我相信。"我说道，"那枚领带夹是她送给你的吧？"

"嗯，是昨天来到这儿后给我的。她说她戴着同样是用珍珠做的戒指，想让我别上这枚领带夹。我本不想接受，可是怕争执起来被人发现，所以没有回绝。"

"这是个很好的纪念。"

"没想到最后会变成这样，真是讽刺。"直之的脸颊动了动，似乎想摆出一个微笑。

"不过，"我的声音低沉下来，"对由香小姐偷走遗书一事，你怎么看？"

他似乎没想到我会问这样的问题，顿时愣了一下，然后咬着嘴唇，烦恼地望向天花板，做了个深呼吸。"夫人您……"他迟疑地说道，"有什么想法吗？"

"也不是什么想法……"我故作踌躇，"你听了别生气，这只是我的随意猜测。由香小姐是不是为了你才去偷那封遗书的？"

我不知道他会作何反应。令我意外的是，他看上去很平静，只是嘴唇微微颤抖着，脸色并没有变，然后他又点了点头，说："原来您是这么认为的。其实我也在想她是不是把我当成了殉情案的凶手……"

"你也……"我感到吃惊。但以直之的敏锐，他应该不会察觉不到。

"她向纪代美要安眠药，昨晚我喝了她给我的葡萄酒后，很快就意识模糊，一觉睡到了天亮。我想酒里很可能下了药，至于她为什么这样做……"

"嗯，我知道。"我微微伸出右手，点了点头，"但你没告诉警方，是吗？"

"我应该坦白，可……"直之露出苦涩的表情。他之所以隐瞒，不光是顾念由香，还怕警方会更加倾向凶手是回廊亭中的人这一看法。"我不明白，她为什么会觉得我是凶手呢？"他好像意识到了什么，看向我说，"我真的对殉情案一无所知，我可以对天发誓。关于由香遇害，我也什么都不知道。"

"我明白，我明白。"我摆了摆手，"而且健彦先生已经证明你昨天夜里没有离开过自己的房间一步。"

"那件事啊……"直之显出无措又赧然的神色，"我都不知道健彦这么钻牛角尖。这样说有些奇怪，不过多亏有他，帮了我的大忙。"

"由香小姐和你谈起过殉情案吗？"

"没有。直到昨天，我都觉得这件事和我们没有直接联系，我以为对她来说也是如此……"说着，他朝远处望去。突然，他像是想到了什么，开口道："殉情案发生后，有一次她说过很古怪的话，问我着火之前去哪儿了。我说哪儿都没去，就在房间里睡觉。然后她半信半疑地说那可能是她的错觉。"

"她为什么这么问？"

"不知道，当时我也没有细想，现在看来或许有什么重要的含义。"直之专注地盯着半空，也许是在努力寻找答案。过了一会儿，他看了看手表，身体似乎放松了下来。"糟糕，都这个时间了，让您一直陪着我，真是十分抱歉。我回房间再接着想吧，反正也想不出什么有价值的东西。"

见他起身，我也站了起来。

"你现在还认为杀害由香小姐的凶手是从外面潜入的吗？"

"当然。"他干脆地答道，"由香的行为必定有非常复杂的缘由，但我相信凶手不是我身边的人。"

不如说是你自己情愿这么相信吧——我没有把这句话说出口。

我和他并肩走在长长的回廊上。过了仁馆，直之忽然说："您的腿不要紧吧？"

"嗯？"

"曾有客人抱怨这条回廊太长，上了年纪的人走起来很累。但我看您好像一点也不累，而且您入住的伊之壹还是最远的一间。"

"哪有。"我停住脚步，轻轻捶着腰部右侧，"其实腰和腿还是感到有些吃力，今天晚上得按摩一下。"

"那我替大哥向您道个歉。"

我们继续向前走去。直之开始给我讲高显先生刚建成这家旅馆时的事。当时他刚大学毕业，了不起的大哥在山里修建了这家奇特的旅馆，他只感到困惑不解。多年以后，他才明白旅馆的设计理念是尽可能利用自然环境，同时最大限度减少对自然环境的破坏。

到了波馆，直之再次因为将我卷入了案件而致歉。

"你不必放在心上。"

"真是抱歉，明天一定会解决的，我想凶手应该还潜伏在附近。警察都是很优秀的，明天一定会抓到凶手。"

"嗯，明天一定会有好消息。"

"那么，晚安。"

"晚安。"

道别后，直之进了自己的房间。

二十八

直之进屋后，我依旧站在原地。回过头就是由香的房间。

为什么由香会以为直之是殉情案的凶手？她显然是弄错了，但她这么想一定有某种依据。她是从什么时候开始有这个想法的？

直之说过的一句话让我非常在意。他说由香问过他起火前去了什么地方。

她为什么要这样问？造成误会的关键在哪里？

我开始回想和由香谈起殉情案时的情形，那是在晚餐时和饭后在大堂里喝茶的时候。那些话中是否隐藏着什么重要线索？

"啊。"我突然轻声惊呼。我想起了加奈江和由香之间的一次小口角。

当时我问起火前是否听到了什么动静。做出回答的人是健彦，他说就算伊之壹那个房间里有动静，也很少有人能听到。加奈江则回应道，发出声响的不一定只有伊之壹，如果纵火的凶手是回廊亭里的人，那么此人出入自己的房间时，没准也会被别人听到。

由香却一反常态，严肃地反驳了加奈江。她说那种声音根本不能作为证据。

仔细想想，由香的话的确有些古怪。加奈江本就没提什么证据，只是说也许有人听到了声响。

那种声音？

我明白是怎么一回事了。

殉情案发生的那天夜里，由香以为自己听见了直之房间里传出的声音。加奈江也提到过："我记得由香你很快就跑出房间了。我夺门而出的时候，看见你正往主馆跑呢。"

起火前由香已经醒来，她听到了那声轻响，因此才会无意间问直之起火前去了哪里。

虽然已经过去了一段时间，由香依然记得这件事。一旦有人提出殉情案是有人刻意安排的，她首先想到的便是直之就是凶手。不，她可能还没有确信，但为防万一，她决定亲自拿到遗书，确认里面的内容。

然而她猜错了，凶手另有其人，且目击了她偷走遗书的经过。真是可怜，她就这样因为一场误会而丢掉了性命。

那么，产生误会的原因是什么？

我忽然想起一件事，于是转身向回走，敲了敲加奈江的房门。她打开门，见我站在门外，诧异地"咦"了一声。

　　"我有件事想问你，不过也不是很重要。"

　　"什么事啊？"

　　"健彦先生现在住的波之贰那个房间，殉情案发生那晚住的是谁？"

　　面对这个莫名其妙的问题，加奈江并没有露出疑惑的样子。她想了想，拍了一下手，说道："对了！当时没人住。嗯，没错，就是空着的。"

　　"没人住……"

　　"嗯。波馆应该只住了由香和直之舅舅。呃，有什么不对吗？"

　　"不，没有。我问了奇怪的问题，不好意思。"我含糊地应付过去，道过晚安便离开了。

　　我脑中一片混乱。

　　我想起了昨晚才意识到的一件事。我本以为那时听到的是直之开门的声音，没想到声音其实是健彦发出的。那么，殉情案发生的那天夜里，由香会不会也听错了？

　　加奈江说当时那个房间里并没有人入住。难怪由香怀疑直之。波馆除了她只有直之，听到进出房间的声响自然会认为是直之发出的。

　　回去后，我又将整件事重新梳理了一遍：由香听到了声音，这应该不会有错，而她怀疑直之的原因却无法解释。由此可以得出的结论是有人曾出入波之贰。

也许是凶手纵火后躲了进去。但问题是这个人为什么不回自己的房间？有什么理由可以合理地解释？

我躺下来，抬起右手，在空中写出了"И"。这是由香留下的信息，我必须解开这个谜题。

N、S、VI，哪一个都不吻合。我忽然想到这也许是个还未写完的字母，也许她才写了一半就停止呼吸了。比如，她想写的可能是W。还有什么？

我翻过身，试着像由香当时那样趴在那里，然后用左手比画起来。

一瞬间，我不禁倒吸了一口气。我想到了另一种可能！

那个符号既不是N，也不是S，更不是W，我的脑海中浮现出了另一个字母。名字以它为首字母的人，在和案子有关的人中也只有一个。

我轻轻摇了摇头。怎么会是那个人……不，也并非不可能。

如果那个人是凶手，那些疑问是不是就迎刃而解了？凶手作案后逃进波之贰也能说得通了？

我又伸出手指，在半空中画出回廊亭的示意图。波之贰所在的位置到底哪里特殊呢？

画到池塘时，我一下子停住了，猛地坐了起来。

原来是这样吗？

我的大脑瞬间一片空白，一幅清晰的图景浮现了出来。

二十九

今晚浴池的水似乎也是凉的。冷风灌进平时本应不断冒出热气的浴池。我合上玻璃拉门，用手电筒照了照手表，还差大约三分钟到两点。

十二点前，我打了通电话，和对方说有非常重要的事想谈，约定凌晨两点在女浴池见面。这是一场豪赌。如果对方不是凶手，一定会感到可疑，甚至去找警方商量，而警方或许早就监听着所有人的电话了。不管是哪种情况，矢崎应该都会派侦查员在此埋伏，将我抓住后进行讯问。这样一来，我的所有计划都会泡汤。

然而，即使是铤而走险，我也只能如此。矢崎已经开始怀疑我了。只要他仔细调查本间菊代，立刻就能发现我是个冒牌货。留给我的时间所剩无几。

现在看来，这场赌博很顺利。至少到目前，我还没看到刑警的影子。这就放下心来也许还为时过早，不过我已经开始相信自己的推测是对的。

问题是我的对手会不会来。

我相信会的。只要对方是凶手，就一定会来。

我再次看了看手表。两点零一分……

这时，门口突然传来咔嗒一声。我看到门把手转动了一下，门随即缓缓向外打开。

"本间夫人？"对方低声唤道。

没错，正是那个人的声音。

"我在这里。"

四周一片漆黑。听到我的声音，对方似乎颤抖了一下，随后走了进来，关上了门。

我打开手电筒，照向下方。

对方的身影在黑暗中浮现出来。"请问您有什么话要和我说？"对方的目光中充满戒备，说不定也已经做好了杀掉我的准备。

我必须先让对方稍微放松警惕。"我想求你一件事。"

"……什么事？"

"其实……"我舔了舔嘴唇，"我想请你去劝凶手自首。"

对方震惊地瞪大了眼睛，说不出话来。

"我知道凶手是谁。"我继续道，"如果是你去劝说，也许凶手会听的，所以想拜托你。"

"您认为是谁？"

"这……"我假装犹豫了一下，又看向对方的眼睛，"我认为是藤森曜子。除了她，不可能是别人。"

对方像是完全蒙了，一言不发地思索片刻后，摇了摇头。"怎么会？您为什么这样认为？"

"你过来一下。"我朝里走去。脚下像踩着冰一样寒冷，我现在却无暇顾及。

对方也默不作声地跟了进来。

"这是我昨天偶然发现的。你看，好像有什么东西掉进浴池里了。"我站在池边，指着里面早已凉透的水。

对方上前一步，问道："在哪儿？"

"那里，左下方。"

我用手电筒照着浴池，对方探过身去。

我没有放过这一瞬间的机会，举起事先藏在身上的碎冰锥，猛地刺进对方的后背。对方闷哼了一声，身体向后仰去。我拔出碎冰锥，从后一撞，对方随即掉入浴池，水花四溅。

然后我又上前紧紧按住挣扎着想要从水里爬出来的人，对方显然没有想到一个老太婆会有如此敏捷的反应。我举起碎冰锥，再度刺去。这一次刺中了前胸。对方惊恐地叫了一声，声音并不大，外面应该听不到。从伤口流出的血迅速染红了浴池里的水。

"为什么……"浑身是血的小林向我问道。

起火前进入波之贰的人是谁?

一原家的人应该都在各自的房间里,剩下的只有小林了。她为什么要进去?

是为了缩短逃走的路线。

在伊之壹纵火后,她需要迅速回到自己的房间,但回廊太长,中途很容易被人撞见。因为庭院里有一方池塘,去波馆只能走回廊。问题在于到达波馆之后。

小林要回自己的房间,还必须经过仁馆和主馆。她认为这样过于危险,也太费时间,于是只得横穿庭院。

她先进了波之贰,拉开玻璃拉门来到庭院,沿着池边跑回员工宿舍。加奈江曾说跑出房间时迎面遇到了小林。她当时大概正要赶去锁上波之贰的玻璃拉门。

引导我做出这番推理的,正是由香死前留下的信息——符号 И。我模仿了由香当时的姿势后才发现其中的意思。趴在地上用左手写字时,书写顺序和平时是相反的,因为从右往左写更为方便。由香想写的既不是 W 也不是 N,而是 M,即"真穗"的首字母。①

凶手是小林真穗。要烧死我和里中二郎的,就是她。

---

① 日文中,"真穗"的拉丁字母写法是"MAHO"。

手电筒的微光中，我能清楚地看到小林的脸色一片惨白。浴池里的水已经完全被血染红。

"也许你不明白我为什么要杀你吧？如果你知道我是谁，就会立刻清楚了。"说着，我俯下身看向她。

"我不……明白……你是谁？"小林喘息着问。

"哦，你还不知道吗？看来我假扮得太成功了。我本想让你看看我没化装的样子，但现在不行，先给你看看这个好了。"

我解开睡衣的纽扣，朝小林露出后背。她应该看见那些因烧伤留下的丑陋疤痕了。

几秒钟后，她似乎明白过来。只见她面如土色，表情扭曲，虚弱地开口道："怎么会？你应该……已经……死了……"

"如你所见，我还活着，只是皮肤上的伤疤永远除不掉了。"

小林难以置信地望着我。

"确认凶手是你，可费了我不少功夫。由香小姐的死给了我线索。告诉我，你是怎么杀的她？你看见她偷偷进我的房间了？"

小林费力地点了点头，嘴巴像金鱼般一张一合。"我看见她……偷万能钥匙……又看见……她进……你的房间……所以我就……就躲在她的房间里……等着她……"她或许以为坦白一切我就会饶她一命，拼命地解释着。

我明白了，小林趁由香刚回房间就袭击了她，然后把她放在被褥里，伪装成她是在睡梦中遇袭的。由香当时还没有死，等小林出去后，她用尽最后的力气留下了那个信息。

"原来是这样，我明白了。"

我想接着问她有关殉情案一事，可她看上去已经说不了多少话了。她瘫倒在血泊中，用哀求的目光看着我。

"我这就让你解脱。"说完，我一把抽出刺入她胸前的碎冰锥。

她呻吟了一声，双目圆睁。

刹那间，我又将碎冰锥刺入她的胸膛。她抽搐了几下，很快就不动了。我揪住她的头发，用力摇晃她。她还没死，眼睛微微睁开。

"你还想说什么？"

不知她是否听见了我的话，只听她最后说道："不是……不是只有我……"

我又晃了晃她，但她丝毫没有反应，双眼无神地看着半空。我松开手，站了起来。

回到更衣室，我用掉在地上的毛巾擦了擦碎冰锥，然后把碎冰锥扔进了垃圾桶。整理好装束，我小心翼翼地打开门朝四周看了看，走廊里一个人影也没有。我穿上拖鞋，小跑到回廊。要是被人看见了，那也到那时候再说吧。万幸的是没有人发现我，我顺利地回到了自己的房间。我跪倒在地板上，强忍住大喊出来的欲望，像祈祷那样十指紧紧交叉在胸前。

成功了！终于成功了！这样一来，复仇计划就完成一半了。

我耳边回响起小林死前说的话。

不是……不是只有我……

她或许想说，就算杀掉她，一切也并未结束。我知道小林只是共犯。明天，我就会杀掉那个我最憎恨的人，完成我的复仇。

三十

天刚亮，一声尖叫便响彻整个回廊亭。我知道是有人发现了。我迅速换好衣服，走出房间，看见苍介等人正沿回廊向那边跑去。

"不要靠近！也不许乱动！"我跟着众人走向浴池，随即听到矢崎大吼的声音。他的下属气势汹汹地站在那里。加奈江满脸泪痕，正蹲在走廊上，倒在曜子的怀里。地上有一片水渍，加奈江好像失禁了。

"加奈江小姐，"矢崎冷冰冰的声音响起，"你为什么这么早就到浴池来？"

"我、我什么都不知道。我睡醒就来这儿了，然后、然后就……"她转过身，拽着曜子号啕大哭。

通常应该等她平静下来再问话，但矢崎认为现在不是优柔寡断的时候，便抓着加奈江的肩，问道："你说清楚，为什么到这儿来？"

"我醒了，觉得身上出了汗，想到浴池泡泡澡。"

"在这种时候？都发生命案了，你还有闲心大早上泡澡？"矢崎似乎难以理解加奈江的想法，几近失控地朝她喊道。

"有必要这么大喊大叫的吗？她在这里每天早上都要泡澡。怎么，不可以吗？"曜子像在保护一个幼小的孩子，把女儿揽在怀里。

"客房里就能泡澡，而且浴池从昨天开始就不供应热水了。"

"我不知道，我不知道呀。"

"她说了她不知道！平时都是二十四小时供应，她以为今天早上也是，所以才过来的。你非要这样斥责她吗？要不是她来了，尸体能这么早发现吗！"曜子激动地说着。她的话里充满愤怒和厌恶，似乎在控诉警方的无能。

矢崎好像察觉到了，一脸不快地转头看向我们。"所有人都到大堂集合！其他地方哪儿都不要去！"

众人纷纷向大堂走去。也许是终于听到了喧哗声，古木律师和鲹泽弘美从对面赶了过来。

"听说店长遇害了。"和紧张的气氛形成鲜明对比的，是古木律师那不紧不慢的语调。

"对不起，请你们先离开。"矢崎依然非常愤怒，直截了当地说，"这里的事和你们无关。"

年迈的律师没想到矢崎的态度这么强硬，只得沉默下来。

"据说案发现场就是浴池，是真的吗？"鲹泽弘美毫不畏缩地问。

其中一名刑警微微点了点头。弘美见状，默不作声地走向回廊。矢崎望着他的背影离开后，又转向我们。"有案件线索的、昨天夜里听到声音的，还有目击到异常情况的人，请站出来，不管多微小的细节都可以。"他语速极快，情绪明显非常焦躁。已经立案侦查的现场竟然再次发生杀人案，这必然是警方的失职。听了矢崎的话，无人作声。也许是真的无话可说，众人显然都被吓住了：虽然没有确凿的证据，但他们也都意识到凶手很可能就在周围这些人中。

这时，一名年轻刑警上前，在矢崎耳边低语了几句。矢崎点点头，神情严峻地环视所有人，宣布道："凶器是碎冰锥，就是放在厨房的那把。有人对此有什么线索吗？"

"昨天我见真穗用过。"纪代美脸色苍白，"我去要冰块，想冰敷一下头，正好看见她在用那个东西把冰戳碎。"

"她把碎冰锥放到哪儿了？"

"这……我记得好像放在厨房的桌子上了。"

"当时厨房里还有别人吗？"

"没有。"

"还有谁见过那把碎冰锥？"矢崎愤怒地问。

没人回答。如果说还有人能做出回答，就只有我了。昨天半夜，我溜进厨房，把桌上的碎冰锥藏入怀中。只要能当作凶器，是什么都无所谓。

"到厨房查查指纹。"下达完指令，矢崎双手背后，一副监视嫌疑人的样子来回踱步，目光中充满憎恶，似乎正在拼命思索该如何从这群人中找出凶手。"用本应放在厨房的碎冰锥作为凶器，说明凶手就是住在回廊亭中的人。"他表情狰狞，看向众人的眼光中似乎带着一丝轻蔑。

这时，直之提出了异议："也有可能是真穗小姐自己把碎冰锥带出来的。"

"哦？为什么？"矢崎挑衅般问道。

"她听到浴池那边有动静，打算去查看情况，但又有些害怕。正好面前有把碎冰锥，她便随手藏在了身上。结果潜伏在浴池的歹徒夺走了它，并用它刺死了真穗小姐——这完全有可能吧？"

"你的意思是，歹徒并没有携带凶器？"

"这我就不知道了。不过用旅馆里的东西，不是更不容易露出马脚吗？"

"嗯。"矢崎点了点头，眼神却表明他并未认同直之的话。果然，他又说道："那我请问，歹徒是从哪儿进来的？现在所有出入口都已封闭。唯一可行的方法，就是经由各位的房间了。就算再怎么迟钝，也不会察觉不到有人潜入了自己的房间吧？"

话音未落，苍介便恼火地说："太无礼了，你是在说我们反应迟钝吗？"

矢崎没有道歉。"如果排除这种情况，那凶手就不可能是从外面潜入的人，昨晚旅馆四周一直有几个警察监视着。"

众人都像突然受到打击般陷入了沉默。

"现在你们好像终于明白了。"矢崎打量着我们这些嫌疑人，语气听上去不怀好意。

"我想问一下，"直之再次反驳，"你认为杀害由香的凶手和杀害真穗小姐的是同一个人吗？"

"这种可能性极大。就我的个人观点来说，凶手无疑是同一个。"矢崎断言。

"那头发怎么解释？由香的房间里不是发现了和案件无关的人的头发吗？"

"我们正在进一步调查，还没有得出结论。"

"怎么会……"唯一的突破口也堵住了，直之懊恼地紧咬着嘴唇。

矢崎的目光从直之身上移开，转向了其他人。"我可以再告诉你们一个证据，证明第一件案子是回廊亭里的人所为。昨天我应该提到过，我们在庭院的池塘边发现了疑似凶手的脚印。不过非常奇怪的是，从这个脚印上看不出鞋底的花纹。就算再不清楚，也不可能这样。鉴定的结果刚刚才出来，已经确认脚印的主人当时只穿着袜子。这说明什么？如果凶手是从外面潜入的，以抢劫盗窃为目的，逃离现场时会连鞋都不穿吗？"

看来还是露出了破绽——这是我的第一反应。自从得知脚印被发现，我就做好了心理准备。

"如果回廊亭里的人作案，只穿着袜子逃跑也很奇怪啊。"曜子反驳道。

矢崎像是早料到会有人这么问，自信地答道："凶手先由回廊进入由香小姐的房间，行凶后也打算原路返回，但因为出现了意外，无法从房门离开。这个意外，就是健彦先生。"

突然听见自己的名字，健彦吃了一惊。

矢崎接着说道："健彦先生说他听见由香小姐的房间传出可疑的声响，便走出自己的房间去查看情况。当时还在由香小姐房间里的凶手察觉到后，为了逃跑时不被健彦先生发现，只能从玻璃拉门出去，所以才会没穿鞋就留下了脚印。怎么样？只要设想凶手是回廊亭里的人，一切就都顺理成章了吧？"

不仅顺理成章，而且这些基本都是事实。唯一说错的，是我潜入由香的房间时，她已经被杀了。

这番推理实在精彩。也许众人都意识到了这一点，没有人作声。

矢崎耸了耸鼻子。"既然如此，我们用排除法就可以了。同样的脚印，在池塘的另一边也发现了。可见凶手从由香小姐的房间返回自己的房间时必须穿过池塘。这样一来——"矢崎大步走到直之面前，"住在由香小姐对面的直之先生、隔壁的健彦先生，还有仁馆的加奈江小姐都可以排除嫌疑。因为他们回房不必穿过池塘。"

直之露出了痛苦的神色，健彦和加奈江则是一脸茫然。

"你的意思是凶手就在另外四人当中？"同样被怀疑的苍介额头青筋凸起，嘴唇颤抖着。

"从脚印来看，是这样的。"矢崎平静地回答。

"等一下！"一直冷眼旁观的纪代美挑了挑眉毛，"如果两件案子的凶手是同一个人，是不是应该把我排除在外？当母亲的怎么会杀自己的女儿？"

听到这句话，旁边的曜子瞪向了纪代美，苍介的表情也扭曲起来。

紧张的气氛中，矢崎语气平淡地说道："从心理方面来看，也许是这样。我并没有怀疑你。不过，现在还处于针对客观情况进行探讨的阶段。请你理解。"

"我理解不了！"曜子面带愠色，"两件案子的凶手是同一个人的依据是什么，你根本没有解释。"

矢崎似乎感到非常意外。"有必要解释吗？"

"很有必要。"曜子回答。

矢崎抬头望向天花板，不屑一顾似的摇了摇头。"在这么短的时间内连续发生杀人案，而且凶手应该是回廊亭里的人。如果两件案子的凶手不同，那你们家族岂不成了杀人狂魔集团？"自从确信了凶手就在众人之中，矢崎对一原家的人便不再客气，说不定他认为所有人都是凶手。

"情况确实很不寻常,但不能断定没有这种可能吧?也许是第一件案子导致另一个凶手犯下了第二件案子呢。"曜子说。

矢崎撇了撇嘴。"你说的这种连锁反应,可能是在哪种情况下发生的?能麻烦你举个例子吗?"

"比如……对了,有可能真穗才是杀害由香的凶手,然后有人杀了她报仇。"

"喂,曜子!"纪代美感到矛头指到了自己身上,立刻站起身,"你说是我杀了真穗?不要胡说八道!"

曜子看也不看纪代美,只说了一句:"我只是说比如。"

"你这是什么话!"纪代美说着,作势要上前抓住曜子。

直之从后面拉住了她,说道:"冷静点!"

"我能冷静吗?女儿遇害,我还要被别人这么说!啊,我知道。原来凶手是你!是你下的手吧?"由于肩膀被按着,穿着拖鞋的纪代美直接踢向曜子,拖鞋甩到了曜子的小腿上。

"我为什么要这么做?"曜子也站起身。

"当然是因为钱!你这个人为了钱什么事做不出来?"

"你说什么?"曜子气得大打出手。苍介慌忙阻拦住了她。

"把一原纪代美送回房间,严加看守。"矢崎向一名年轻刑警命令道。

纪代美叫嚷着离开了,大堂姑且安静下来。

矢崎气恼地敲了敲桌子,再次看向我们。"小林真穗女士和第一件案子之间肯定有某种关联,不过她是凶手的可能性很小,原因就在于我刚才说过的脚印。要回位于主馆那边的员工宿舍，不必穿过池塘。"看来矢崎打算抓住脚印这个线索不放。"至于两件案子的凶手是否为同一个人，不妨先保留这个观点。不管怎么说，杀害由香小姐的凶手，包括她母亲在内，有四个人有嫌疑。"

"我可不是凶手！"曜子喊道。

"我也不是！"苍介跟着附和。

"您呢？"矢崎看着我，"有什么要说的吗？"

"荒唐！"一旁的直之说，"矢崎警部，你应该喜欢用逻辑思考问题吧？本间夫人根本不可能跃过池塘。"

矢崎也说过同样的话，可现在他的目光不像当时那样温和。他审视着我，眼神像科学家一般，冷静又透彻。"确实，"他开口道，"你说得没错。按常识来说，应该是这样。"

他肯定开始怀疑我的真实身份了。或许他还没看出我其实是一个年轻女人，但或许他在考虑重新调查本间菊代。

"听我说，"苍介的太阳穴上冒起青筋，"警部先生，你刚才说的都不是决定性的证据。脚印疑似是凶手留下的，但并不能肯定。就算是真的，又有谁能断定那不是某种刻意的伪装呢？脚印很可能是凶手为了洗脱嫌疑而制造的痕迹。"苍介脱口而出，好像觉得自己的见解颇有道理，连连点头。

"刻意的伪装……"矢崎重复着苍介的话，仿佛在确认其中的含义。他来回踱步，很快停了下来，向苍介问道："那为什么

留下的是没穿鞋的脚印？如果要伪装，不是应该弄成从外面潜
入的样子吗？”

　　“这我怎么知道！”苍介别过脸，“凶手有自己的理由吧。”

　　“自己的理由啊……”矢崎吹了吹小拇指的指尖，“好，先假
设是伪装吧。可能进行伪装的有加奈江小姐、健彦先生和直之先
生三人。其中，直之先生有不在场证明，也就是说——”

　　“不是我！”矢崎还没说完，加奈江就哭喊起来，“我不会
做那种事！”

　　“我也不会。”健彦也立刻说道。

　　矢崎露出满意的表情。“不管凶手是加奈江小姐还是健彦先
生，伪装时都不怕加重自己亲生父母的嫌疑。如果是直之先生
做的伪装，就可能是要嫁祸于自己的哥哥和姐姐。对此，你们
怎么看？”

　　众人哑口无言。苍介脸上冒出汗珠，嘴唇抿成一条线。

　　“总之，”矢崎说道，“凶手就在你们当中，这一点毋庸置疑，
不管怎么辩驳都没用。我奉劝凶手老老实实认罪为好。这样既
不会给大家带来麻烦，逮捕后情况也对你更有利。”

　　所有人一声不吭。大家对凶手是回廊亭里的人这一说法非
常抵触，但这时的沉默恰恰能够证明，每个人心中都认同了矢
崎的话。

　　矢崎等了几十秒，这短暂的时间对我来说着实漫长。

　　“我已经给过你机会，”矢崎坐到旁边的椅子上，“你却不为

211

所动。几个小时后你会后悔的。只要我们认真去查，一切都会明了。我可以断言，你的沉默根本没用。"接着，他的表情忽然变得柔和起来，继续说道，"请各位稍等，凶手很快就会落网，在此之前还请忍耐。"他的目光再次变得凌厉，"任何时候都欢迎自首，我们的大门一直为你敞开。"

三十一

　　铅一般沉重的氛围中，我们一言不发，几乎一动不动地等待着时间流逝。如果是不知情的人从外面看，说不定会以为来到了蜡像馆。除我以外的人都在暗中留意着曜子和苍介的动静，仿佛二人中的一个马上要去自首，这两个人一定也在互相怀疑。

　　我则注意着侦查员的动向。他们一定在搜查小林的房间，然后发现那封遗书。这样一来，我的所有计划都会破灭，复仇的机会也将永远失去。我心急如焚。

　　如同进入将棋棋局的最后阶段，矢崎不慌不忙地发起了进攻。"杀害由香小姐的凶器，其来源已经查明。"每次下属来汇报后，矢崎都用播报天气预报一样的轻松语调告知我们侦查的进展。"浴池旁边有个很大的库房，里面放着一原高显先生用过的登山用具。经调查发现，最近有人碰过这些东西，还找到了一个空盒，正是用来放作为凶器的那把登山刀的。"

"这么旧的东西，现在还能用吗？"直之立刻提出疑问。

"应该可以。"矢崎答道，"登山刀另有好几把，都保存得非常好。"

小林为什么要用这种东西当凶器？也许她想尽快杀掉由香，却迟迟找不到合适的作案工具。厨房的菜刀肯定不能用。她当高显先生的情妇那么久，还记得有这些登山用具，没准她一直在整理和保养这些用具。登山用具如今保存完好，一点也没有生锈。如此想来，她真是可悲。

令我稍感意外的是，矢崎并未以此为据，再次强调凶手就在众人当中。可能他认为不必再特意说一遍了。一直提出反对意见的直之垂着头。

我更加焦躁了。再这样等下去，我只能束手就擒，什么都做不了。用不了多长时间，矢崎就能查明真相，但如果我现在马上实施复仇计划，大批警察会蜂拥而上，将我抓住。

我该怎么办？

这时，一个刑警拿着文件走了过来，还不经意地向我这边瞥了一眼。直觉告诉我，我不能再坐以待毙。于是我站起身，走到另一个刑警身边。

"不好意思，我能去趟洗手间吗？"我看着他，假意请求道。

年轻的刑警看向矢崎。

"请您稍等一下，行吗？"矢崎说，"等我看完这份文件。"

"但是……"

"没什么关系吧？只是去洗手间而已。"直之替我抗议，"我们可不是囚犯！"

矢崎攥着文件想了想，还是答应了。

我走出大堂。厨房旁边就是洗手间，监视我的刑警守在门外。我上完洗手间，站在洗手池的镜子前查看妆容。镜子中映出的是一张我早已习惯的老太太的脸。

时间不多了，现在真的没有退路了——我对镜子里的人说。

出了洗手间，我对刑警说想喝点水。对方明显很不乐意。

"我得吃药，麻烦您通融一下。"

"那请您快一点。"刑警态度生硬地说。

我走进厨房，倒了杯水，刑警则在门口等待。我随身带着止疼片，吃下一片，随即用余光瞥了一眼架子。如果不出意外，那里应该有个定时开关。最近的家电产品基本都内置了定时器，所以这种老式定时开关几乎用不上了。

"请您快点。"刑警进来提醒了一声后，又出去了。

我做好应做的准备，走出厨房，紧紧地关上了门。我知道自己的脸色看起来不太对劲，但年轻的刑警处事还不够老练，并未察觉到我的变化。

回到大堂，众人还像我离开前一样等待着。矢崎正在看下属刚才送来的文件，见到我回来，表情微微放松，用手势示意我快点坐下。我坐回原位，感到四周的众人异常紧张。

"好了，"矢崎小声自言自语了一句，然后看向众人，"头发的分析结果出来了。"

"头发？"曜子问，"又是头发？"

"是的，又是头发。这次我们鉴定了从小林真穗女士被害的浴池中采集到的头发，所有头发都是女性的。除了小林女士和由香小姐的头发，还有另外三种已经完成鉴定，分别属于加奈江小姐、藤森曜子女士和一原纪代美女士。"

"你们怎么知道那是我的？"曜子争辩道，"好像没有取过我们的头发吧？"

"你们在这儿等的时候，我们到各位的房间里采集了头发样本。"

"啊……"或许是感到隐私受到了侵犯，曜子和加奈江都气愤地瞪着矢崎。

"怎么？这个还有必要查吗？"苍介挤出一个微笑，"也就只能得知谁去过浴池罢了。"

"也许可以这么说吧。"

"这话是什么意思……"

矢崎将目光移回到文件上。"我们在浴池周围、由香小姐的房间周围，以及各位用餐的房间等处也采集了头发。经过鉴定，"他挺直脊背，宣告般说道，"又发现了昨天在由香小姐的房间里找到的那种头发！"

所有人都发出了惊呼。

"看来还是有人从外面潜入，趁我们不注意在旅馆里徘徊。"直之突然打起了精神。

"好可怕啊！"加奈江皱着眉，双手搓了搓胳膊。

"现在下结论还为时过早，"矢崎故意慢条斯理地说，"因为发现这种头发的地方是各位用餐的房间。"

我已经完全明白了他要说什么，看来我该做好准备了。我瞥了一眼表，差五分钟十二点。

"用餐的房间？怎么会这样？"苍介大声说，"你是说，入侵者也进了那个房间？"

"倒不如说，头发的主人就在你们当中。这样解释更合理。"

"就在我们当中？"健彦说完，突然看向我。随即，加奈江、苍介和曜子也接连朝我看过来，只有直之依然看着矢崎。

"这太荒谬了……你看本间夫人，满头银发，而你们找到的不是年轻女人的黑发吗？"

"是的，确实如此，不过我们在调查中发现了一个难以解释的情况。"矢崎从椅子上站起身，"我们至今没有找到过某个人的头发。其他人的头发不管是多是少都采集到了，一眼就能看出属于本间夫人的白发却从未发现。我也不拐弯抹角了，任何地方都没有发现本间夫人的头发。"

"这……只是偶然吧？"直之还是不肯罢休。

我又看了看表，还有三分钟。

"如果这些是偶然，在伊之壹里发现的几根黑发又怎么解释？那几根头发的特征与来历不明的头发完全一致。"

"这……"直之找不到理由反驳，不再开口。

矢崎刻意不看我，慢慢踱起步来。"根据鉴定结果，有几根头发具有非常奇怪的特征，能看出是多次强力脱色后，又染了特殊的颜色。这意味着什么？鉴定人员推测，经过这样的处理，头发可能会变成银白色。"说到这里，他第一次直视我。其他人也都看着我。

"这不是你自己的头发。"矢崎指着我的头，"恐怕是假发吧？你曾试图把自己的头发染成银白色。白发染黑可以理解，为什么你要反过来做呢？我实在不明白。"

"也许有人想陷害本间夫人……"直之不知出于一种怎样的使命感，还在为我辩护，"凶手想将罪行嫁祸给她。"

"做这种手脚没有任何意义，只要调查一下头发就知道是怎么回事了。"矢崎的目光依然停留在我身上，"我一直没有说，但其实从我第一次见到你，就不知道为什么有一种奇怪的感觉，你的言谈举止不像是一个老年人。你恐怕也意识到自己犯了个严重的错误，即把表千家和里千家弄混了。另外，还有一点令我感到困惑。我母亲就是前桥人，而你说话时完全没有那儿的口音。"

我故意别过头，又看了一眼表。设定的时间就要到了。

"本间夫人，哦，不对，"矢崎上前一步靠近我，"你到底是谁？"

我站起来，向后退了一步。与此同时，两个刑警站到了我身后。

"我并没有说你就是凶手，可我必须要问清楚这是怎么一回事。你假扮本间夫人，潜入回廊亭的目的是什么？"

我继续后退，其中一个站在我身后的刑警抓住了我的胳膊。

矢崎命令道："拿掉她的假发！"

另一个刑警闻言，正要伸手碰我的头时——

巨大的爆炸声突然响起，几乎同时，我被气流推向半空。

等我清醒过来，四周已被滚滚浓烟包围。我则摔在了地板上。

计划成功了！我刚才在厨房设置了一个小机关——我用定时开关定好电线短路的时间，然后打开了煤气总阀。

这时，附近传来呻吟声。我循声望去，只见一个刑警被压在吊灯下面，其他人在杂乱的桌椅间挣扎着。

"怎么回事？发生了什么？"矢崎从沙发后面出现，大声吼道。他的腿好像受伤了，刚起身就跌倒在地。

直之摇摇晃晃地站起来，额头上淌着血。"大家快起来，不赶紧跑就要被大火包围了！"

众人听了纷纷爬起来，只有苍介无力地倒在地上，一动不动。

"醒一醒！哥，哥！"

"快去院子里！快！"矢崎跛着一条腿指挥着。

曜子、健彦和加奈江神情恍惚地向外跑去。

忽然，只听轰隆一声，墙壁倒塌下来。熊熊火焰顷刻间烧到了这边。

我朝对面看去，火已经烧到了回廊。和上次的顺序相反，这一次，大火会从这边向一间间客房蔓延。我慢慢站起来，胸腔一阵剧痛，也许是肋骨骨折了。我无暇顾及这些，径自往被火包围的回廊走去。

"本间夫人，别去那边！"背后传来直之的喊声。

"站住！你想逃跑？"这是矢崎的声音。

二人都没有追上来。

我朝着火光走去，其实我也不知道自己在往哪里走。

回廊上，一个黑影出现在眼前。我知道是谁，心里不禁感到喜悦。那是我现在最想见的人。

"你在找我？"我问道。

对方不答，向我走近了一些。

"你是想杀我吧？是不是？"

"嗯，没错。"火光中的二郎说。

三十二

我们对视了几秒，随后我向前一步。"我一直想见你呢，二郎。"说完，我摇摇头，"不，你不是二郎，你的真名是弘美，鲦泽弘美。"

"而你的真名是桐生枝梨子，对吧？"他的嘴角带着一丝笑意，"我竟然到现在才发现。不过这也没办法，谁让你化装了呢。其他人也都没看出来吧。"

我一把扯下假发。"我一直担心会被你看穿，幸好还来得及。"

"你是来复仇的？"

"没错。"我答道。

他点了点头。

火势更猛了，热浪令我浑身冒汗。

"如果不尽快想办法了结，我也自身难保。是你放的火？"

"是啊。"

"这倒帮了我的忙，我正愁找不到那封遗书呢，不知道让真穗那女人藏到哪儿去了。对了，遗书里写了那件事的真相？"

"嗯，除了我的自杀是假的。"

"原来如此。"他依旧在笑，"别光是我问，你有什么想问的吗？"

"我想问的太多了，都不知道该从哪儿问起。"

"我想也是。"

火光映照着弘美的笑容，他朝我勾了勾手指。"稍微过来一点，那边很快就要塌了。"

我依言挪动了一下。紧接着，火舌顿时从我刚才站的地方蹿了起来。

"去伊之壹吧，火烧到那儿还得有一会儿。"他拉着我的手，在回廊上跑起来。

啊，就是这只手，二郎的手。

我明白一切都是骗局，是在医院的病床上醒来的时候。

殉情案发生的那个晚上，我根本没睡，因为我在等二郎——应该说是冒名里中二郎的鲹泽弘美。我还记得他即将见到高显先生时激动的样子。

凌晨一点过后，他拉开玻璃拉门进来了。我们接了一个长

长的吻。接着，他便问高显先生住在哪个房间。我告诉他在隔
壁，并问他是不是要现在去。

他摇了摇头。"再稍等一会儿。别人看到我就麻烦了，而且
说实话，我还没做好心理准备。"

他说得在理，我心想。

"给我看看你向他汇报的材料，好吗？"

"好啊。"我从包里取出文件递给他。这就是当时我在他面
前用文字处理机打出的材料。

他看了看，说了声"谢谢"，放到了一边。

"紧张吗？"我问。

"有一点。"他说，"关上灯吧。"

"好。"

灯光刚一灭，我就被他紧紧抱住了。我们倒在褥子上，我
寻找着他的唇。他没有像平常那样回吻，而是翻身压在我身上，
然后突然撑起上半身。

"怎么了？"我问。

他没有回答。黑暗中，我隐约看到他的脸如能乐面具一般
毫无表情。他双手圈住我的脖子，又说了句什么，我没有听清。
窒息感瞬间袭来，随即我感到身体轻飘飘的。在渐渐模糊的意
识中，我看到的是二郎那张扭曲到丑陋的面孔。

清醒过来时，我已身处火海。身边躺着一个人，也许是二郎。
我无法冷静地思考到底发生了什么，只觉得梦境与现实交织在

了一起。刚在医院苏醒时，我依然处于一种迷茫的状态，只知道二郎和一个陌生男子企图联手杀掉我。当从报纸上和护士口中得知那个倒在我身边的陌生男子才是真正的里中二郎时，我心中的所有疑问都得到了解答。我做得最明智的事，是在明白一切之前，没有贸然和别人说起这些。

二郎不是真正的里中二郎。不知哪里出了差错，这个冒牌货出现在我面前。他还利用我，企图冒名顶替真正的里中二郎。他计划的最后一步，就是杀死我和真正的里中二郎。

从他接连的行动来看，这不是他一个人的阴谋。如果那晚住在回廊亭的人中没有他的同谋，他逃离伊之壹后，玻璃拉门就不会被锁上。此人肯定希望通过与鲹泽弘美勾结，染指原本与其无关的高显先生的财产。

我决定假扮成老太太找出那个同谋，否则复仇就无法完美实现。在高显先生的葬礼上，我已经得知冒充里中二郎的人叫鲹泽弘美，如今是法律顾问的助理。我复仇的真正目标是鲹泽弘美。每次看见他，我都恨不得要放弃追查那个同谋，直接杀了他。

我如此憎恨他，是他杀死了二郎，无比残忍地让住在我心底的二郎彻底消失了。

刚进伊之壹，他就把我按倒在榻榻米上，居高临下地对我说：“我和二郎，身世极为相似。被遗弃的时间和地点差不多，在孤儿院时还住在同一个房间，所以你给我们写的信应该是同样的内容。如果我对自己的身份一无所知，恐怕也会和二郎一样去见你。可惜我知道。就在你写信之前，一个老头来找过我，我可以确定他就是我爷爷。"

"可你还是来了，还用了里中二郎的名字。"

他笑了笑，说道："二郎当时正骑着摩托车环游日本，便托我帮他看家。当我发现你也给他寄了那封信，就觉得这件事太有意思了。起初我只是想做个恶作剧，才冒充他去见你。后来我发现你要找的人好像真的是二郎，我就想能不能继续冒充下去，不过我怎么也想不出能一直骗下去的办法。不久，你透露了二郎亲生父亲的名字，原来是一原高显。我立刻下定决心，为了得到一原家的财产，我什么都会去做。不过，还有一个原因促使我做出了决定。那就是小林真穗——这里的店长突然出现了。"

"为什么是她？"

"她听一原高显提过你在帮他寻找儿子，于是她一直暗中监视你，也就知道了我。这个女人发现我是冒牌货，可她并没有责怪我，而是让我继续装下去。她真是个不得了的女人。她打算等我独吞一原高显的财产后，再收我为养子。"

这么长时间以来，小林真穗都心甘情愿地躲藏在背后，最终却还是背叛了高显先生。

"她并不想让你一直假扮里中二郎，而是想彻底改变事实，让高显先生的孩子变为鲹泽弘美，对吗？"

他点了点头。"我要做的事很简单。只要把你用文字处理机写的报告中，'里中二郎'一栏改成'鲹泽弘美'就行了，当然还要确保你家里没有与此矛盾的东西。"

"最后你还得杀死真正的二郎。"

"还有一个人。"他笑着说道，"我总不能让知道我真正身世的人活着。"

"真正身世？"我立刻明白过来，"那天晚上，里中二郎撞死的老人就是……"

"我的爷爷。"他平静地说，"我告诉你那晚发生的事吧。我提前联系了二郎，约他在附近见面。二郎是骑摩托车来的，我则开了向他借的车，在此之前我撞死了那个自称是我爷爷的老头。"

"你又杀了二郎……"

"那天晚上，有个二郎很喜欢的作家要入住这家旅馆，我们商量好去拜访他。喝下掺了氰化钾的咖啡之前，他还一直在想该怎么和那个作家搭话呢。"

我摇了摇头。"你打算掐死我，把里中二郎的尸体搬进来，然后逃跑，剩下的就交给小林真穗。小林真穗锁好门，在房间里放了把火。这样一来，再没有人能妨碍你们了。"

"高明吧？岂止一石二鸟，说三鸟、四鸟都不为过。"

"之后你去哪儿了？"

"我回家了。一原高显只要在你家看到和寻亲相关的资料，找到我只是时间问题。"

"这么说，高显先生去找过你？"

"嗯，他一个人直接来到了我住的公寓。"

"你们说了些什么？"

"很多往事，比如我在孤儿院时的生活。"

想到高显先生当时的心情，我就感到心痛。他做梦也不会想到，面前的人是杀死自己亲生儿子的凶手。

"他一听说我没有固定工作，就马上把我托付给了古木律师，可能他已经知道自己活不了多久了吧。"

"高显先生过世，你很高兴吧？"

"是啊，这样所有的财产就都属于我了。我从小到大都没有遇到过一件顺心的事，如今得到这份幸运也不过分吧？我对公开遗嘱可是一直翘首以待。我到这儿以后，却听小林真穗说她杀掉了一原由香，真是让人伤脑筋。稍不留神，计划就可能失败，而且我还不知道小林真穗把从一原由香那儿抢走的遗书藏到哪儿去了。"

小林可能准备用遗书来威胁鯵泽弘美。

"我猜到还有一个人想杀死一原由香，打算把所有罪行都推到那个人身上。没想到……"他叹了口气，"那个人是你。"

"如果最后被警方抓住的人是我，那才麻烦呢。"说着，我用身体挡住自己的皮包，趁他不注意，一只手伸进皮包的内袋里，碰到了那个不锈钢小酒壶。

"我的计划称得上完美，只是我犯了一个错误。"鲹泽弘美盯着我，"那时我没有用毒，而是打算掐死你。我真没想到你能活下来。"

"为什么不用毒？"

"为什么啊……理由很多。"他那曾被加奈江称赞漂亮的面庞扭曲起来，"最主要的，是我一直想掐死你。"

"一直？"

"就是在抱着你的时候。"他说，"我不过是为了自己的野心，才勉强和你拥抱。说实话，我每次都恶心得要死。躺在床上时我常想，如果能就这样把你掐死，该有多痛快。"

我麻木地听着他的话。也许他对我还是有一点感情的——我为自己抱有这样的幻想而羞耻。

二郎死了，我的二郎已经消失得无影无踪。

"喂，情形不妙呀。"鲹泽弘美朝四周看了看。火已经开始向这个房间蔓延。他向前迈了一步，手上不知何时握住了一把刀。

"如果你用刀捅，尸体可就不像是烧死的了。"

"没关系，别人会以为你是自杀。"

我将手背到身后，紧紧攥住那个小酒壶。我的运气真好，虽然没有事先计划，但现在的情况正如我所愿。

"我明白了。"我挺胸面对着他，手在身后悄悄地打开了小酒壶盖子，"杀了我吧！"

鲹泽弘美的表情僵住了，他随即向我冲来，一刀刺进我的右胸，又重又钝。我感觉不到疼痛，只有麻痹感袭遍全身。

我没有倒下，而是用右臂牢牢抱住他，左手则将小酒壶里的液体倒在了我和他身上。

汽油刺鼻的气味散发出来。

鲹泽弘美的表情充满了恐惧。"你要干什么！"

"我们一起死吧！"我紧紧抱住他。他拼命挣扎，但我到死都不会放手。我苟延残喘到现在，就是为了这一刻。

"放开，放开！放开我！"二郎声嘶力竭地吼叫起来。

啊，不要闹，二郎，我的二郎……

我的意识越飘越远，而火焰已近在咫尺。

我听到有人在叫喊，声音像是从很远的地方传来的。一瞬间，我的眼前一片猩红。然而很快，白夜便将我们吞噬。

图书在版编目(CIP)数据

长长的回廊 / (日)东野圭吾著；蓝佳译. —— 海口：
南海出版公司，2020.10
ISBN 978-7-5442-8944-3

Ⅰ.①长… Ⅱ.①东… ②蓝… Ⅲ.①长篇小说－日
本－现代 Ⅳ.①I313.45

中国版本图书馆CIP数据核字(2020)第059877号

著作权合同登记号 图字：30-2019-058

《 KAIROUTEI SATSUJIN JIKEN 》
© Higashino Keigo 1994
All rights reserved.
Original Japanese edition published by Kobunsha Co., Ltd.
Publishing rights for Simplified Chinese character arranged with Kobunsha Co., Ltd.
through KODANSHA LTD., Tokyo and KODANSHA BEIJING CULTURE LTD.
Beijing, China.

长长的回廊

〔日〕东野圭吾 著

蓝佳 译

出　　版　南海出版公司　(0898)66568511
　　　　　海口市海秀中路51号星华大厦五楼　　邮编 570206
发　　行　新经典发行有限公司
　　　　　电话(010)68423599　　邮箱 editor@readinglife.com
经　　销　新华书店

责任编辑　张　锐
特邀编辑　倪莎莎　徐晏雯
营销编辑　李　畅　李鹏举
装帧设计　韩　笑
内文制作　王春雪

印　　刷　北京盛通印刷股份有限公司
开　　本　850毫米×1168毫米　1/32
印　　张　7.5
字　　数　143千
版　　次　2020年10月第1版
印　　次　2020年10月第1次印刷
书　　号　ISBN 978-7-5442-8944-3
定　　价　59.00元

版权所有，侵权必究
如有印装质量问题，请发邮件至 zhiliang@readinglife.com